U0075010

少年廚俠 4

除魔大神仙

文/鄭宗弦

圖/唐唐

目錄

作者序　結合「美食」與「武俠」的冒險之旅　文／鄭宗弦　5

第一章　慶典與妖魔共舞之夜　14

第二章　夢中的神祕大樓　22

第三章　被毒物操縱的可憐蟲　31

第四章　來自古代的噬血魔　41

第五章　歡樂的生日餐會　52

第六章　禽鳥的啓示　63
第七章　第四道神菜　70
第八章　噬血魔的詭計　80
第九章　獨臂乞丐捨身相救　91
第十章　乞丐眞難當　104
第十一章　傳說中的赤焰大仙　116
第十二章　丐幫幫主與四大長老　125
第十三章　追查赤焰大仙　138
第十四章　粘六的眞實身分　148

第十五章　英雄東山再起　160
第十六章　隱瞞多年的師徒之情　169
第十七章　志達命在旦夕　180
第十八章　奇特的攀牆武功　189
第十九章　詭異的地下密室　204

作者序

結合「美食」與「武俠」的冒險之旅

文／鄭宗弦

我曾在粉絲團上宣告想寫一套少年小說，讓辛苦做菜的媽媽好好休息，改由孝順的孩子做菜給媽媽吃。恰好親子天下的編輯來信邀請合作，我便闡述了這一小說系列的創作理念，並提出創作計畫。兩方一拍即合，隨即著手創作這一套少年武俠小說。

少年武俠小說？

是的，您沒有看錯，這是集合老、中、青、少廚師們，所共同演出的少年武俠小說。

煎、煮、炒、炸、蒸、燴、溜、燙、烤、焗、爆、煲、汆、熬、煨、燒、燜、燉……廚師做菜的十八般廚藝，刀技火候，水裡來火裡去的，都讓人產生武功的聯想。因此我讓書中的廚師具備頂尖武功，主人翁志達的母親是鼎鼎有名的總鋪師，在家學薰陶之下，志達也擁有武藝與廚藝的龐大潛力。

我生長在糕餅之家，從小跟著家人製作麵包、蛋糕、紅龜粿等點心，了解從事飲食工作者的辛苦，而廚師又比起點心師父更加艱辛，刀子、爐火都容易使人受傷，油煙更會害他們生病，他們在為大眾創作出美味、帶來幸福的同時，往往犧牲了健康與安全。

廚師們創作出經典名菜，不僅滿足人們的口腹之欲，也提供美談讓人樂道回味，人們總說中華料理博大精深，卻忘了這是歷代廚師們勞苦的累積。然而古代廚師的社會地位低下，知識分子雖然用文字記錄了美食，卻很少為廚師作傳記。我寫這一系列的目的，便是想藉由有趣的故事，來表揚廚師們的貢獻。

這是一趟飲食文化的探索之旅

中華料理因幅員廣大，大略分為閩、浙、粵、魯、蘇、湘、徽、川，八大菜系。我讓主角穿越時空，帶領讀者一探名菜發明的起源。

許多名菜的典故成為膾炙人口的故事，稍加改編便能引人入勝。但有些名菜或許是一地風俗，社會集體的創作，或是佚失了發明人與相關情節，而沒有專屬於它的故事，我希望能藉由這個系列來彌補這個缺憾。

這也是一趟探索武功的冒險之旅

中醫主張「藥食同源」，又說「五味入五臟」，因此調和平日的飲食就是養生的良藥。中醫認為精、氣、神、血為人體能量之源，氣為血之帥，血為氣之母，穴道與經絡是能量匯聚之處，正確的呼吸與運動能使能量在身體運作順暢，甚至衍生出更強的能量。進一步衍生出功夫、運氣、掌風，乃至隔山打牛、隔空抓物等有如特異功能的武功說法，讓人產生許多浪漫的想像。

這又是一趟感受俠義的體驗之旅

我看到許多喜歡閱讀的孩子，想要閱讀有關充滿想像力的大部頭書籍，選擇了市面上的武俠小說。然而武俠小說是為成人而書寫的，又有「成人的童話」之說，其中刀光劍影，江湖恩怨的情節太深沉，並不適合少年兒童閱讀。

韓非子說：「俠以武犯禁。」古代的俠客救急扶危，愛打抱不平，有時放蕩不羈，違法犯紀，這樣的俠客並不是孩子學習的典範。我想創作一套專門為孩子而寫的武俠小說，將「武」的部分控制在暴力範圍之內，而「俠」的部分，撇除任性的違法，而導向濟弱扶傾，輕財重義，伸張正義的利他行為。

這還是一趟族群文化的融合之旅

八大菜系之外，我還想在故事中加入京菜和臺菜。

北京城是中國歷史上最後一個王朝的政治中心，來自各地各省的達官貴人匯聚在此，必然會衍生出豐富的飲食文化。而臺灣經歷過荷蘭、明鄭、清朝、日本等政權的統治，飲食文化都有各國的遺留。加上西元一九四九年國民政府遷移到臺灣，帶來各省一百多萬軍民，也把各地的飲食文化帶過來。這些人當中不乏資本家、大地主、高官和滿清遺老，這段歷史也讓中國各地精緻高級的宴客大菜都在臺匯聚，使臺灣成為中華飲食文化的大熔爐。

這一套結合「美食」與「武俠」，由功夫高深的廚師們一同演出的「美食派少年武俠小說」已經上場，請跟著主角們一起縱橫古今，吃喝玩樂，伸張正義吧！

登場人物介紹

林志達

少年廚俠之一。在得到千年老麵的力量後，穿越回到古代，學會了三道神菜，分別代表「包容」、「正義」、「澈悟」的美德。

湯之鮮

灶幫前任幫主。二十多年前詐死，隱居在日月潭慈恩塔，因想調查多年前遇害真相與蚩尤石的下落而再度過問江湖中事。

方羽萱

少年廚俠之一。和志達經歷數次冒險，每次遇到危急時刻，都能發揮聰明機智的頭腦和應變能力。

李繼程

少年廚俠之一。外公魏鼎辛所經營的「瀟湘煙雨湘菜館」赫赫有名，承襲官灶派的武功。

赤焰大仙

明朝正德年間受到百姓崇拜的神祉，傳說曾降世伏妖除魔，因出現時都會伴隨紅火，故名赤焰。

第一章 慶典與妖魔共舞之夜

乞丐，拋棄尊嚴向人乞討為生，是社會中最底層的人。

有一首歌是這樣形容他們的：

穿著草鞋破衣靠在廟門邊唷，清早上街乞討深夜才能歸。

東西南北大街天天在流浪唷，一年四季蓬頭垢面活像鬼。

餿水裡的骨頭填不飽肚子唷，蝨子像落花沾得身上一大堆。

別從富貴人家的門前經過唷，看門狗會狐假虎威對你狂吠……

乞丐無家可歸，每天遊蕩乞食，就為了餬口飯吃，處境令人同情。自古以來每個朝代都有乞丐，但到了明朝，他們的數量發生了巨大的變化。

明朝開國皇帝朱元璋設立了特務「錦衣衛」，重用宦官把持朝政，刺探情報，監視文武百官，濫用刑罰，把皇權擴張到極致。後來的皇帝又分別開辦類似性質的東廠、西廠和內廠，與錦衣衛合稱為「廠衛」。

「廠衛」間彼此監督制衡，卻也互相爭權奪利，導致政局黑暗，朝綱混亂，朝臣們人人自危。「廠衛」也頻繁的勒索官員，官員轉而向百姓加稅索賄，百姓走投無路，民怨積壓日深。

明朝第十一位皇帝朱厚照重用宦官劉瑾掌控「廠衛」，橫征暴斂，倒行逆施。到了正德五年，終於爆發了明朝最大的人民起義事件「劉六劉七民變」。

劉六與劉七兩兄弟率領義軍紀律嚴明，困苦的農民紛紛響應，義軍迅速發展到數萬人，橫掃今日的河北、河南、山東、湖北、湖南、江蘇、安徽等省分，震動京畿。朝廷派出重兵掃蕩，歷經三年後，在黃州集結十萬大軍，逼使劉六跳江自盡，劉七中箭落江而死，民變才被弭平。

朝廷為了安撫民心，在受災區減免賦稅五年，然而農務荒廢已久，糧食缺乏，到處都是流竄乞討的遊民，許多遊民被丐幫所吸收，短短數年，丐幫竟超越了灶幫成為天下第一大門派。

正德十三年臘月初一，湖南長沙城內歡度節慶，家家戶戶張燈結彩。街巷裡的屋簷間也懸掛紅色彩燈，每隔五尺一座，燈燈串連，宛如一條閃亮亮的珍珠項鍊。站在城頭上往下俯瞰，會發現串串彩燈都朝西南角的古松小廟蜿蜒而去。

子時將至，人們扶老攜幼，提著進獻的供品，紛紛往古松小廟聚集。

「快來，別亂跑。」一位母親發現孩子跟著別人回頭跑，便大聲呼喚。

「我要跟大家到城門迎接赤焰大仙。」孩子興奮的說。

那位母親轉身拉住孩子的手臂，急切的說：「我們快到小廟前占個好位子，可以看得更清楚，得到大仙的保佑。」

「可是我想跟大家去迎接大仙回城。」孩子掙脫母親的手，瞬間鑽入人群中，接著一句高亢的聲音響起：「娘，別擔心，我會自己回家的。」

「唉，這孩子。」那個母親嘆口氣，急忙又轉身往小廟走去。

古松小廟附近已經人山人海，大家爭先恐後往前擠，不少人腳被踩了，腰被人撞了，忍不住叫嚷著，一片鬧烘烘。

沒多久人群中傳來高呼聲：「赤焰大仙到城外十九個村子繞境回來了，大家快讓出一條路來。」

眾人回頭一看，只見數十名壯丁手執火把，簇擁著一座神轎往小廟靠近。神轎在如海浪般的人潮中緩緩前進，鑼鼓喧天，鞭炮聲響徹雲霄，沿路信眾圍觀膜拜。

神轎經過後，人們跟在神轎後面往小廟擠去，摩肩接踵，萬人空巷。

人潮中不時可見衣衫襤褸，蓬頭垢面的人穿梭其間，原來長沙城方圓三十里的乞丐都來到城裡，古松小廟附近盤據了數百人。

轉眼間到了子時，神轎終於回到小廟前的空地，神像被請出轎門，放在一張高桌上供人膜拜。一時香煙繚繞，燻得人睜不開眼睛，熱淚直流。原本廟前的石頭小香爐不敷使用，有人拿出幾個大鐵桶，讓人把香都往裡頭擲去。

半個時辰後，數十名手執火把的壯丁從小廟向外走出來，一邊大喊：「後退！後退！赤焰大仙就要降臨了。」沿路揮趕民眾要他們往後退。

那些壯丁都是長沙知府向富商巨賈招募來的勇士，個個高頭大馬，武猛無比。本來往前擠的人潮，轉而往後退去，漸漸的以小廟為圓心，空出半徑一丈的圓形大空地。接著，有人跑來在圓周的路徑鋪上柴薪，淋上油點燃火，剎那間火光熊熊烈焰沖天，把那棵古松映照得非常清晰，可見樹枝向外崢嶸，樹葉繁茂，覆蓋面積寬廣。

「吼……吼……」人們跪在火圈之外，五體投地膜拜，發出牛鳴聲，接著高呼：「赤焰大仙，除魔救世。赤焰大仙，除魔救世。」

火圈中，那數十名壯丁手執火把排出火牛的形狀，聲勢浩大的演出火牛陣。人們一邊膜拜一邊圍觀，情緒愈加激動。

忽然一陣狂風穿來，枝葉顫動，飛砂走石，火勢也更為猛烈。

「大仙降臨了！大仙降臨了！」只覺得空中有一股力量在盤旋湧動，人們想看清楚神跡卻無法直視前方，紛紛瞇起眼睛虔誠膜拜。

大火熄滅後，祭典高潮過去了，信眾帶來許多供品，有些人不把供品帶走，直接施捨給乞丐們，乞丐們千恩萬謝，樂不可支。

平日神像被供奉在小廟的神龕內，前面擺了兩個方桌，不容易看清楚大仙的模樣，這時孩子們好奇的跑到前頭一窺究竟，原來那是一尊木雕神像穿著黑色衣袍，束腰束袖，騎在紅牛背上，單手抓妖魔高高舉起。

「我也是赤焰大仙！」孩子們高舉右臂，調皮的模仿神像的姿態。大人見狀便大聲喝斥說：「不得無禮，快點跪下向大仙懺悔！」

孩子們一看挨罵了一哄而散，大人卻趕緊下跪，惶恐的懇求說：「童言無忌，大仙恕罪，大仙恕罪。」

「赤焰大仙，除魔救世。赤焰大仙，除魔救世……」孩子們散入街巷裡，歡快的奔跑嬉鬧，好不快樂。

夜已深了，但小廟前成了不夜城，空氣中洋溢著喜慶的氣氛。

＊＊＊

然而就在同一時間，長沙城北方，人煙罕至的山林中，卻發生非常可怕的事情。

「咯咯咯啊！」寧靜的夜裡，突然傳出牲畜竄逃的慘叫聲。

住在茅屋內的佃農夫婦，原本已經睡去，聽見叫聲驚醒起身，點了油燈。

「出去看看。」他們好奇的一同出門查看。

夜色沉重，星光微弱，卻見一團黑影在林間穿梭，迅速的飛身而過。

佃農夫婦見狀害怕的閃躲。「有妖怪？」

「哞——砰！」在一聲牛隻發出悽慘叫聲之後，傳來倒地聲。

「天哪！快躲回屋子裡。」妻子驚叫，拉著丈夫跑回屋內把門關上，還搬桌子頂在門後，急忙吹熄油燈。

「今早赤焰大仙的神轎才來附近巡視過，怎麼……」丈夫恐慌的說著。

「想必是大仙回到長沙城了，妖魔知道大仙不在，趁機偷跑來作怪……」妻子猜測著說。

「咯咯咯啊！」

聽著外面牲畜的叫聲，兩人緊緊的抱在一起，全身顫抖。他們只敢惶惑的竊竊私語，一夜不敢闔眼。

天亮之後，未聞雞啼，萬籟俱寂，氣氛十分詭異。

等太陽從雲層後探出來，兩人才鼓足勇氣出門巡視，卻發現豢養的雞鴨都不見了，牛羊死傷無數，身上有多處被撕咬的痕跡。

兩人嚇得半死，一刻不敢逗留，急忙往城裡跑，去向地主郭員外報告。

第二章 夢中的神祕大樓

「外公，我回來了。」一回家，繼程便跟外公打招呼。

「繼程，快收拾一下，數學家教老師六點半要來家裡上課。」魏鼎辛穿著襯衫西褲，正在大門旁的落地大鏡子前整理服裝儀容，見外孫進來嚴肅的說。

「你明天慶祝生日，我讓老師把數學課移到今天。」

「可是我才剛放學回家。」繼程壓抑著想抗議的心情，悶悶的說。

「對，我知道。現在六點十分，你還有二十分鐘可以休息。」

「啊，怎麼可以這樣？」繼程忍不住擺出臭臉，「外公，我明天生日，不能休息一天嗎？」

「當然不行。」魏鼎辛搖搖頭，伸出一隻食指在繼程面前點了點，「你一定要記住，事情只能提前完成，不能往後拖延，不然會養成因循怠惰的惡習。」

「喔。」繼程望著外公強勢的氣焰，只得眨眨眼睛，吞下口水，輕聲回應。

「補完數學之後，別忘了練功兩個小時。我會驗收成果。」

繼程簡直失望透了！他原先以為趁明天自己慶祝生日，可以請假一次不要補習，沒想到外公不但不准還將課程提前。他剛在學校上完一整天的課，感覺很疲累。

魏鼎辛看出他委屈的心情，笑著說：「呵，俗話說先苦後甘，別不開心了。我買了你喜歡的智慧型手機，剛才已經先放去你房間了，上樓去看看吧！」

「啊，真的？太好了。」繼程咧開嘴笑說，「謝謝外公。」

「你快整理一下，待會兒準時上課。」魏鼎辛催促。

繼程往房間走去，忽然想起今天上午羽萱在「少年廚俠」群組裡的留言，回頭問外公說：「外公，你有沒有認識姓曹的人？」

「姓曹的人那麼多，多少都認識幾個，問這個做什麼？」魏鼎辛納悶的問。

「林志達跟我說，那個下毒害他媽媽的人，很可能姓曹，而且可能是灶幫裡面的人。」繼程解釋，「他要我幫忙問問看。」

魏鼎辛低頭想了一會兒，然後說：「灶幫裡面重要的幹部都不姓曹，我知道有一家姓曹的人家住在日本，其他的我就不知道了。」

「陳幫主被人下毒，會不會是他們害的？」繼程順著話問下去。

「不要亂講話。據我所知，他們已經好幾年沒有回臺灣參加幫員大會了。算了吧，那不關我們的事，你不要插手管這些江湖是非。」魏鼎辛說。

「但你不是常教我要見義勇為嗎？」繼程覺得不滿，外公怎麼會這樣說呢？

「你還小，不要管大人的事，那也不是你管得了的，你現在的責任就是好好讀書，好好練功。」

「可是……」

「別再說了，餐廳今天來了幾位貴客，我要下去招呼一下。你快點準備上課。」魏鼎辛說完便拉拉袖口，轉身走了出去。

繼程在外公離開後，獨自爬上一層樓，來到位於十六樓的客廳，狠狠的將書包往沙發上一丟，然後把手機點開，打視訊電話給人在美國的媽媽。

「叮叮咚……叮叮咚……」手機響了很久終於接通，一個中年婦女的面容出現在小螢幕上。

「媽，外公好煩啊！」繼程一開口就是抱怨。

「什麼事？啊，對了，我跟你爸寄去的生日禮物你收到了嗎？我特地要求貨運公司在今天寄到，給你一個驚喜。」

「我不知道，我還沒看。」

繼程的媽媽突然回頭，螢幕影像變成白色的天花板。「好的，等一下，我寫下來。十一份左宗棠雞，五份……」

「媽，你叫外公不要給我那麼多功課，至少不要補習，好不好？」

「有，我記下了，東安仔雞二十份……」媽媽似乎沒聽見他在說什麼，一會兒後她的臉又出現在螢幕上，「繼程啊，有什麼事快說，我在整理今天中午的訂單，待會兒還要去市場採買。」接著媽媽又消失，螢幕中出現廚房設備，「空心菜要買十公斤，辣椒也沒了……」

「你在跟誰講話？」電話另一頭傳來爸爸的聲音，「一大早忙得不得了，你還有閒情逸致聊天？」

「不是啦！是繼程。你快來跟他說聲生日快樂。」媽媽轉頭急促的說。

「繼程啊，生日快樂。」爸爸的臉出現在螢幕前，「你在臺灣還好吧？我和你媽從起床就忙到現在，待會兒要去早市……你們那兒是傍晚了吧，你功課寫了嗎？別忘了每天練功！」

「沒事了，你們去忙吧！」繼程悻悻然的掛斷電話，望著空曠的客廳，感到心煩意亂。大家都忙著賺錢，而且也要他忙著功課和練武，到底為什麼？

「如果在美國讀書就好了，根本不用補習，煩死了……」他咕噥了幾句，站起來往房間走。

進了房間，床上擺滿包裝精美的禮物，有大有小，上面還附上了卡片，寫滿了對他的祝福。換作是以前，他一定會很興奮的拆開來看看誰送了什麼東西，可是現在一想到課業壓力，卻連拆禮物的興致都沒了。

＊＊＊

這一頭志達和安南搭的那輛公車，正在繁華的臺北街道上行駛。

一個小時前，志達一放學就請安南帶路，去尋找他口中那一棟大樓。安南曾經在中了蜘蛛魔毒時，夢到自己前往一棟金碧輝煌的大樓，但昨天卻在現實生活中親眼見到，就在他和媽媽搭公車去阿姨家的路上！

羽萱因為要補習沒辦法同行，他們上了公車後從板橋出發，沿路繞來繞去，等進入臺北市區之後，安南的眼睛一路緊盯著車窗外面。公車開得很快，深怕一不留神就會錯失了那棟大樓的蹤影。

「啊，我看到了！」在櫛比鱗次的建築中，安南如同發現新大陸般大叫。

「在哪裡？」志達急忙問他。

「公車剛經過，現在看不見了，快按下車鈴。」安南指著車後消失的一點。

公車大約又往前開了幾百公尺才停下，兩人下車後，趕緊往回走。

「就在前面，快到了。」安南興奮的說。

「咦？這裡，好像……」志達越往前走越覺得不對勁，這附近的街景感覺有點熟悉。他看見前方馬路對面有一個霓虹燈招牌，寫著「瀟湘煙雨湘菜館」。

「啊！對了，李繼程就住在這裡。」

「你說誰？住在哪裡？」安南好奇發問。

「李繼程。是我朋友，也是我們灶幫的新幫員。前面這一間湘菜館就是他們家經營的。」志達解釋說。

「這一間嗎？」安南指著大樓認真的問。他們轉眼間來到湘菜館的大門前，裡面燈火通明，有許多賓客在用餐。

「對，就是這一間。」志達點頭。

「這麼巧，我在夢中看到的也是這一間。」安南笑著說。

「什麼？真的嗎？」志達雙眼瞪得圓圓的，露出不可思議的表情。

「我怎麼可能費那麼大的力氣騙你？」安南心中有點不舒服，皺眉說。

「李繼程的家出現在你的惡夢中？」志達腦中一片混亂。

「看起來是！」

「他們家有二十一樓，你想清楚。」

「沒錯，就是這一棟大樓，夢中看起來金碧輝煌，後來我在公車上看到，才知道原來是霓虹燈招牌造成的效果。」

「可是你說夢中有野獸的呼叫聲，這兒有嗎？」

安南看看四周，人來人往，車水馬龍，便調皮的笑著說：「看起來沒有。」

「這是怎麼回事？」志達決定先不往壞的方向想，想先釐清一些事，找出其他可能。於是接著又問：「你是不是來過這間餐廳吃飯？」

「沒有。」

「你因為常常去阿姨家，常經過這裡，所以才對這裡留下印象？」

「你別亂猜。我阿姨才剛搬家不久，我跟我媽是第一次到她的新家去拜訪。」安南又說，「就連那班公車也是昨天第一次搭。你到底想要知道什麼？」

「等等。」志達沒有回答安南，因為眼前的事實令他一下子無法接受，需要冷靜一下。「讓我想想……」

第三章
被毒物操縱的可憐蟲

陰暗的室內，有三對眼睛在閃動，銳利的目光漫無目標的來回掃射。

一道門打開，一個黑色人影走進來。他從手提的大袋子裡掏出三袋紅色的液體丟在地上，接著二話不說走出去，門又關了起來。

三團黑影一擁而上，他們分別是噬血魔怒豺、暴虎和殘獅。他們已經三天沒有吃到血了，飢餓不堪，特別需要血液中的精氣神來提振自己的力氣。

暴虎搶走其中一個血袋，即刻津津有味的吸食起來。怒豺搶了兩個，吸食一袋，另一袋拿在手中，藏到背後。

殘獅撲了空，生氣的張嘴去咬怒豺。怒豺早有準備，快速閃躲，並幸災樂禍的說：「上回你撞了我一下，害我吐出一口血，沒有吃飽。我現在只是討回來而已。」

「可惡！豈有此理！」殘獅怒不可遏，張牙舞爪朝怒豺猛攻過去。但怒豺吸了一袋血，精力大作，縱身一跳竄到殘獅身後，反咬他一口。

「啊——」虛弱的殘獅痛叫一聲，躲到牆角，朝怒豺大罵：「等我恢復體力，一定要好好教訓你。」

「哼！別以為你還是百獸之王，你被抓來這兒，跟我一樣都是人家的奴隸，沒什麼了不起。」怒豺說完又要吸食另一袋。

這時大開忽然又開了，黑色人影進來大吼：「吵什麼吵？」

怒豺急忙把血袋又藏到身後，殘獅對人影下跪，生氣的控訴說：「怒豺搶走我的血袋，請主上幫我作主。」

「是他上次撞我，害我浪費了一口血，他得還我。」怒豺反告回去。

「不必廢話了！」主上揮舞雙手施起五毒陰功，口中唸唸有詞，然後雙掌揮去，一道道陰氣同時打在三個噬血魔的胸口。

「啊！」他們心口上的魔物有如浮雕般緩緩現形，然後開始往頭上爬。

「啊……不要啊……」怒豺大叫，手上的血袋掉落地面。

「主上饒命……饒命……」殘獅跟著求饒。

「痛啊……好痛、好痛……」暴虎也發出哀號，「不甘我的事啊！主上……」

三個人形魔物倒在地上抱頭翻滾，痛不欲生。

「看誰還敢亂來！你這傢伙最陰險霸道，看我好好處罰你。」主上一邊指著怒豺，一邊強施內力在怒豺的胸口和脖子上。

「啊！」怒豺馬上鼓起腮幫子，瞪大眼睛，吐出潛伏在體內的毒蠍子。「我錯了……求主上饒恕，求主上饒恕……」怒豺氣若游絲，勉強的說著，隨即癱軟在地上，有如被剪斷線的傀儡玩偶。

主上撿起地上的血袋，另一手抓起毒蠍子在手中把玩，然後冷冷的警告說：「暴虎和殘獅，你們也想像怒豺那樣嗎？」

「小的不敢，我們不鬧事，小的不敢……」兩個噬血魔順從的跪在地上。

「殘獅，你吃吧！」主上把手中的血袋丟給他。

「謝謝主上，謝謝主上……」殘獅拿到後，千恩萬謝的磕頭。

「我這一整天都不會幫怒豺裝回蠍子，以此作為處罰。」主上厲聲說。

那意味著，怒豺這一整天都無法動彈。

「嗚……嗚……」怒豺倒在地上發出哀鳴。

「啊！」主上正得意自己將這幾隻魔物控制在股掌之間，忽然感到一陣暈眩，一個響亮的聲音在他腦中響起，他凝神聆聽，那聲音不斷重複，使得他頭暈目眩，痛苦難當。

「我知道了……」直到他把手伸進口袋，握住一顆石頭，暈眩和聲音才停止。

「你們三個聽好了，絕對不能讓林志達學會完整五式的全脈神功，否則他將會有足夠的力量抗衡五毒陰功。」主上接著吐出一口氣說：「好吧！怒豺，看在你知錯的份上，我就幫你把毒蠍子裝回去，不過你得將功贖罪……」

「怒豺做牛做馬一定盡心達成任務，誓死效忠主上……」怒豺滿臉懺悔的說。

「希望如此。」主上幫怒豺裝上毒蠍子後便離開，大門又關上。

怒豺感到胸口的魔物慢慢歸位，並且隱入心口，但剛才發生的一切仍令他心有餘悸，他像是一灘爛泥般的倒在地上，等著體力完全恢復。

＊＊＊

志達低頭思索了半分鐘，便拿出手機對著大樓拍照，然後將照片私下傳給羽萱。

志達：羽萱，你現在方便說話嗎？

羽萱：我剛下課。有什麼事？你為什麼不在群組裡留言？

志達：我正站在繼程家對面。

羽萱：有，我看到照片了。你怎麼跟安南跑去繼程家？他生日是明天啊？

志達：我們沒進去吃飯，我們是來找出現在安南夢中那一棟怪大樓的。

羽萱：啊！難道是這一棟嗎？

志達：沒錯。

羽萱：天哪！這是怎麼回事？

志達：所以我才私下傳訊息給你。

羽萱：我懂了，這件事先不要讓繼程知道。

志達：對，我擔心繼程知道後的反應。

羽萱：嗯，如果他衝動之下跑去問家裡的人，說我們在懷疑他們家，那就不好了。

志達：而且，萬一真的跟他們家有關係，恐怕會打草驚蛇。

羽萱：現在怎麼辦？

志達：我得想想。

羽萱：反正明天是繼程的生日，我們會去他家作客，到時候再仔細觀察。

志達：好，到時伺機而動。

羽萱：我要去買生日禮物了。881

志達：881

羽萱的訊息提醒了志達，他也該去買個禮物送給繼程。他關掉手機對安南說：「走吧，我們回去了。」

「啊！不進去調查嗎？」安南訝異的問。

「不了。」志達不想多做解釋，「我和羽萱會找適當的時間再來，謝謝你的幫忙。你肚子餓了吧？走，我請你吃飯。」

「我肚子早就餓扁了。」安南有點委屈的說，「我想吃炸雞。」

「沒問題，找找看附近有沒有速食店。」

兩人邊說邊往公車站的方向走回去。

※※※

就在剛才志達和安南步下公車的同時，繼程上了一會兒數學課，思緒卻一直無法集中。

「你怎麼了？」數學老師發覺了。

這時副主廚洪規果敲了敲門，走進客廳，「繼程，老闆叫我端兩碗麵上來，要你們休息一下再用功。」

「原來你還沒吃晚餐啊！」數學老師感激的說：「魏老闆真的太客氣了，每次來上課都準備許多點心，真不好意思。」

「老師，不要客氣，這些都是餐廳裡的熱門菜色。老闆交代了，看還想吃點什麼，讓繼程打個電話，我們再準備上來。」洪規果說完就下樓去了。

繼程看副主廚準備了剁椒拌麵、湖南小炒肉、黑白蛋和左宗棠雞。黑白蛋是水煮蛋和皮蛋炸過後，跟泡椒炒在一起的小菜，非常美味；左宗棠雞是炸雞肉裹炒酸甜醬，吃起來酸甜又香酥，是他平時最愛吃的一道菜，可是現在的他卻沒什麼胃口。

倒是數學老師開心的吃起來。「這道左宗棠雞味道真好。繼程，你也吃啊，吃完我們還要繼續上課。」

「好。」繼程拿起筷子吃了一些麵，也吃了一塊雞肉，然後站起來說：「我去上個廁所。」

但他離開客廳後，沒往廁所走，而是來到馬路邊的陽臺透透氣。

「咦？」他忽然看見對街有一個人的身影跟志達很像，正在和另一個少年交談。

他揉揉疲累的眼睛又仔細看去，但那兩個人已經不在了。他四下張望，看見他們的背影正逐漸遠去，一轉眼後便消失在人群中。

他好奇的走回客廳，拿起手機傳訊息到「少年廚俠」群組，想求證一下。

繼程：志達，你來找我嗎？

螢幕上顯示已讀，但遲了一分多鐘，志達才回訊。

志達：沒有啊！

繼程：我剛才好像看到一個人，跟你長得很像。

志達：哈哈，你認錯人了。但我們明天就能見面了，先祝你生日快樂。

繼程：好，謝謝。

「真的是我認錯人了嗎？」繼程若有所思的說。

第四章 來自古代的噬血魔

志達和安南吃完晚飯後，兩人各自回家。途中，志達的手機響了，一看是羽萱打來的。

「志達，今年的『中華美食展』主辦單位香港美食公會會長歸凌高先生來我家拜訪。我爸說他跟全脈神功有淵源，想見你一面，想請你現在來一趟。」

「好啊！我這就去你家裡。」志達爽快答應。

「不，我們在臺北的『詩禮春秋魯菜館』吃飯，你現在人在哪裡？」

「我看一下……」志達看看四周，「我在捷運古亭站附近。」

「好，在那兒等我，我跟司機大哥很快就去接你。」

志達在原地等了不到十分鐘，羽萱家的車就來了。

進了餐廳之後，他看見方叔叔和一位中年人坐在圓桌前，他連忙走過去。

「這位是歸凌高長老。」方子龍幫志達介紹。他現在已經不用坐輪椅，而是改用枴杖。

「歸長老好。」志達禮貌的問候。

「你好，聽方老闆說了很多你的事蹟，總算親眼見到你了。」歸凌高說。

「來，先吃點菜。」方子龍親切的說，「我們一邊吃一邊說。」

「哇，好豐盛的菜色。」志達雖然剛吃過炸雞，但一看滿桌菜餚又不禁食指大動。

「這家餐廳專賣魯菜，也就是山東名菜。你真有口福，明天要吃湘菜，今天先吃魯菜，簡直吃遍大江南北。」羽萱開玩笑說。

「你不也一樣嗎？」志達笑著回她。

「一定要先嚐嚐這道孔府菜的經典當朝一品鍋，這是清朝皇帝到曲阜縣孔府作客時，孔府招待皇帝的大菜。用肥雞、豬蹄、鴨肉、海參、魚肚等珍貴食材清燉出來的。」方子龍建議。

志達先喝湯，才一入口，頓時驚喜的張大眼睛，因那湯汁鮮美無比。他再喝一口，隨之閉上雙眼，陶醉在如夢似幻的美妙滋味中。

「孔子說：『食不厭精，膾不厭細。』非常重視飲食養生，自從漢武帝罷黜百家，獨尊儒術，歷代孔府子孫經常受到皇帝封誥為一品大官，因此精鍊出高尚雅緻的飲食文化，是魯菜的代表。」方子龍介紹說。

「魯山東麵食坊的包子饅頭呢？不也是魯菜嗎？」志達問。

「那是民間小吃，這是官府大菜。」方子龍解釋。

「還有這道九轉肥腸一定要吃，也是山東名菜。」羽萱夾了一塊給他。

志達吃進嘴裡，那炸得酥酥的大腸，裡面帶著蔥的甜味，還有肥腸的油香，讓他頻頻點頭微笑。

「肥腸是濟南名菜，再嚐嚐這道蔥燒海參，是膠東名菜。孔府、濟南、膠東這三個菜系都屬於魯菜。」方子龍介紹完菜色，話鋒一轉導入正題，「我跟歸長老提到你幸運的找到秘笈，學會全脈神功，他馬上說想認識你呢。」

「發明全脈神功的衛好農和我一樣是香港人，本身是粵菜名廚，他在當上灶幫幫主之後，曾閉關多時，最後才發明了全脈神功。說起來衛好農算是你的祖師啊。」歸凌高說完又轉而關心的問，「我聽方老闆說，前幫主湯之鮮詐死，以及復出追查蚩尤石之事。我願意出一筆錢，照顧湯之鮮前幫主。」

「可惜他不知到哪裡去了。」志達遺憾的說。

「湯之鮮前幫主查出曹雪芹把蚩尤石當成傳家之寶，傳給後世子孫，可是我們查過資料，發現曹雪芹唯一的兒子三歲就過世了，他也在同一年病死，石頭現在不曉得傳給誰了？」羽萱困惑的說。

「既然是傳家之寶，必定不會外傳。」歸凌高說，「我認為蚩尤石仍然在曹家子孫的手上。」

「是啊。我和羽萱也猜測這個毒害我媽的『主上』應該姓曹，但灶幫裡姓曹的人似乎不多，我媽跟他們也不熟，實在很難調查。」志達搖頭說。

「唉！如果有曹雪芹家的族譜，那就好了。」羽萱嘆氣說。

「有。我認識一位香港有名的大企業家曹星辰，他是『全球曹氏宗親會的會長』，保存了一套自明朝以來各省曹姓宗親的完整族譜，說不定能幫上你的忙。」歸凌高說，「志達，你如果到香港來，我可以介紹他給你認識。」

「那就趁這次跟我們一道去香港『中華美食展』啊，順便也到全脈神功的發源地去朝聖一番。」方子龍鼓吹說。

「好啊！」志達欣然答應，非常期待可以去香港追查主上的真實身分。

「太棒了。」羽萱開心鼓掌。

「聽說你在學習全脈神功的過程中遭遇到許多危險？」歸凌高好奇的問。

志達詳細回述了狂狼、瘋豹跟主上的關係，以及曾經發生過的爭鬥。

「咦？怪了，現在怎麼還有噬血魔？」歸凌高疑惑的說。

「歸長老，您的意思是，噬血魔不該出現在這個時候？」志達問。

「衛好農之前的幫主是蔡市仔，原是袁世凱的家廚，也是我的師父巴保舟的好朋友。蔡市仔在一九四九年跟著袁世凱的孫子袁家藝搭太平輪來臺，途中船沉，袁家藝溺死，蔡市仔用輕功浮在海面上，後來獲救輾轉來到臺灣。」歸凌高提出疑惑，「聽巴保舟轉述蔡市仔所言，當年袁世凱為了稱帝，透過不可告人的管道招募了豺、狼、虎、豹、獅，五頭噬血魔來為他助陣。」

「哦？成功了嗎？」志達好奇發問。

「袁世凱是成功登基了，不過才當了皇帝八十二天就被迫下臺。蔡市仔嫉惡如仇，隱藏自己灶幫幫主的身分，暗中剷奸除惡，用計誘殺了五隻噬血魔。」歸凌高說。

「怎麼沒聽說過這段傳聞？」方子龍問。

「雖然這是正義之舉，但蔡市仔認為這種背叛主人的事情，還是不要列入灶幫史中才好，因此衛好農、湯之鮮都沒有傳承到此段歷史。事實上，五隻噬血魔都已在一九一六年，袁世凱病死前一個月被蔡市仔除去了。」歸凌高說。

「既然他們都已經死了，為何現在又會出現噬血魔呢？」羽萱困惑的發問。

「難道是有人穿越到古代，把噬血魔抓到現代來了？」方子龍猜想。

「也許吧！」歸凌高說。

大家陷入沉默中。

「歸長老，請問你知不知道五大神菜中，除了雞仔豬肚鱉、西湖醋魚和麻婆豆腐之外，還有哪兩道？」志達抱著希望探問。

「我不知道，不過我從方老闆那裡聽說你和這幾道神菜的故事。它們分別是甘味、酸味、辛味的名菜。成語說『先苦後甘』，而你發現名菜的順序，卻是從甘味開始。我曾聽師父說過，全脈神功是以小腸經為總結，小腸經和心經互為表裡，中醫說苦入心，因此推斷最後一道是苦味。」

「所以名菜的順序是『先甘後苦』嗎？」羽萱問。

「沒錯，因此接下來第四道應該是鹹味的菜。」歸凌高說。

「以鹹味為主的名菜有哪些呢？」志達問。

「鹹香之菜太多了，因為在舌頭味蕾上感受鹹味的接受器最多，人們流汗之後也需要補充鹽分，因此許多料理都會放鹽巴。」方子龍無奈的說，「像梅乾扣肉、醬爆牛肉、鹽焗雞、鹹豬肉、三杯雞……都是鹹香菜。」

「真的太多了。如果沒有線索，確實難猜。」歸凌高搖搖頭說。

「沒關係，我都記下來了。等我明天參加完繼程的生日聚會，再一一做來試吃。」志達仍感謝大家的建議。

＊＊＊

兩個小時後，數學老師離開，繼程拖著疲累的身子來到二十一樓的練功房。他先打出基本的君子掌和果拳來暖身，接著把官灶派的功夫完整的複習了一遍。

結束後，他打起呵欠，忍不住到一旁的軟墊坐一下，沒想到就這麼歪著身子睡著了。

恍惚間，他聽到外公的聲音：「起來，別偷懶。」

繼程張開眼睛，看見外公手插腰站在他面前。

「今天只要驗收棋拳，別忘了邊打拳邊說出口訣。」

「好。」繼程吸口氣站起身，振作精神開始打拳，「棋拳三式：第一式星羅棋布拳，銀河倒瀉，世事如棋，拳拳入格，面面俱到。」

「好，再來。」

「第二式舉棋不定拳，虛懸拳頭，行蹤不定，上行望右，左行望上，聲東擊南，調虎臨川。」

「好，第三式。」

「累棋之危拳，左拳疊右拳，下層又上疊，直到下巴前，往下重來回。」

繼程按著口訣的順序，把這三式拳法打得虎虎生風。魏鼎辛卻眉頭深鎖說：「你今天病懨懨的，累棋之危拳太慢了，尤其最後一拳，需要一鼓作氣往對方下腹出拳才能出奇制勝。全部再打一次。」

「啊……」繼程著實盡力了，但他不敢抗議，只得悶著頭重打一回。

「唉，越來越慢。」魏鼎辛搖搖頭，嘆口氣說，「好了，眼看就要子時。明天是你生日，你先去洗個澡，然後準備祭拜灶王爺。」

「知道了。」繼程下樓回房。

繼程心裡犯嘀咕，本來過生日是一件快樂的事，現在卻成了令人疲倦的負擔，不但不能放假，要提前把事情做完，還得在生日的前一天晚上「謝祖」。也就是向灶王爺的神像下跪上香，表示「飲水思源」不忘本的意思。

唉！真是麻煩。繼程記得小時候在美國過生日沒有壓力，就只有快樂歡笑，真懷念當年無憂無慮的生活。

洗完澡之後繼程精神好多了，換好衣服，來到位在十八樓的神明廳。

牆上的時鐘顯示晚上十一點二十五分。

魏鼎辛已經等在那兒了，見他來了，點燃一把香，然後分成兩束，一人一束。一時香煙裊裊，燻得他眼睛刺痛，忍不住瞇起雙眼。

只見神桌上擺滿牲禮和各色水果。繼程站在灶王爺正前方，魏鼎辛陪在他旁邊，先一起三鞠躬，然後說：「我魏鼎辛，帶領外孫李繼程，在此敬謝灶王爺保佑他平安長大。今天是李繼程的生日，懇請灶王爺讓他在課業和武藝上都能有長足進步，才不辜負我灶幫先聖先賢的恩澤。」

繼程字字句句都聽得很清楚。外公總是這樣，叮嚀他不能忘本，做什麼都要有目的，做什麼都要有成效，不能浪費一丁點時間和精力，否則就是對不起灶王爺。他感到心頭被一顆大石頭沉甸甸的壓著。

「還有，請灶王爺保佑我女兒魏虹早日康復。」魏鼎辛下跪，虔誠而專注的說著。

繼程感覺這句話外公是用內力吐出來似的，帶著一點蒼勁和悲涼。可是虹虹阿姨瘋癲成這樣，怎麼可能會好？她不是天生就這樣的嗎？就算是後天因素，那也不是醫學可以救治的，既然如此，外公也就不用向神明祈求了。

不過這些話只能放在心裡，他不敢開口問。

第五章 歡樂的生日餐會

隔天上午，志達跑到住家附近的運動用品店買了給繼程的禮物，然後去安養院探望媽媽。

「我中午要去參加李繼程的生日餐會。」志達高興的把禮物放在一旁，幫媽媽按摩手腳，「就在他們家吃飯。」

「瀟湘煙雨湘菜館，」陳淑美咧開嘴，羨慕的說，「你真有口福，聽說魏家的湘菜非常道地，每天門庭若市。」

志達又說了要跟方子龍去香港，歸凌高介紹他去調查曹家族譜的事，陳淑美也非常支持，但提醒志達要小心自己的安全。

不久志達的手機響了，接起來一聽，是羽萱打來的。

「志達，你出門了嗎？我們家司機要載我去繼程家，我請他去接你，我們一道走。」羽萱貼心的說著。

「那太好了。」志達告別媽媽，提起禮物就離開了安養院。

不久，志達搭上車，羽萱便好奇的問說：「你買了什麼禮物送給繼程？」

志達捏起右手的食指和大拇指，往頭頂一比。「棒球帽。」

「哇，繼程一定很喜歡。」羽萱讚許的說。

「你呢？準備了什麼禮物？」志達問。

「你看。」羽萱從一個袋子裡拿出一個Hello Kitty的絨毛玩偶，「我最愛的娃娃。」

「繼程會喜歡這個嗎？」志達一臉疑惑的說。

「唉呀，你不懂啦！禮物有兩種，一種是收禮的人喜歡，一種是送禮的人喜歡。我們女生把心愛的東西跟對方分享，這是一種貼心又甜蜜的心意。」

「是喔？」志達揚起雙眉，有點困惑。

羽萱看志達似懂非懂，又補充說：「也可以說，這個Hello Kitty就代表我，繼程以後看到這個娃娃就會想到我，想看我的時候就看看這個娃娃。這樣懂了嗎？」

志達點頭笑了笑，心想，女生的心思和邏輯，跟男生真是不一樣。

車子在街道上行駛，半個多小時後抵達了「瀟湘煙雨湘菜館」。

「嗨！真開心見到你們。」繼程如同上回那樣在大門外迎接他們。

「生日快樂！」羽萱和志達同聲慶賀，並且遞上禮物。

「人來了就好，何必那麼客氣呢！」繼程刻意學大人的口吻講話，把他們兩個人逗得哈哈笑，「快進來，你們住得比較遠，其他人都先進去了。」

繼程在前頭帶路，電動玻璃門才剛打開，這時左邊的防火巷卻傳來不友善的喝斥聲：「走開走開，不要來這兒討東西，我們還要做生意，你在這裡只會讓客人對餐廳留下不好的印象。快走開……」

志達好奇的停下腳步，轉頭一看，發現是穿著廚師服的副主廚洪規果，正在驅趕一位遊民。那位遊民低頭彎腰，不敢抬頭見人，隨著洪規果的揮手進逼，唯唯諾諾的往後退去。

「好可憐，他是不是肚子餓，沒東西吃？」志達同情的問。

「餐廳每天都有剩菜，給他一點食物沒什麼損失吧！」羽萱也憐憫的說。

「這些人不事生產，是社會的米蟲。」大門內出現另一個聲音，他們轉頭一看，是魏鼎辛用嫌惡的口氣在說話。「你今天給他食物，他食髓知味，明天還會再來，甚至帶一群人來，那還得了？」

洪規果把人趕走了，聽見老闆的聲音，急忙跑過來說：「沒事了，我剛才凶了他，應該不會再來了。」

繼程也拉起志達的手說：「別管那個人了，大家都在裡面等你們呢。」

志達和羽萱沒再說什麼，先後進入餐廳，來到一個擺設了大圓桌的包廂，發現已經有五男兩女七位青少年圍坐在一起，興奮的跟他們打招呼。

「嗨！大家好，我是方羽萱。」羽萱先自我介紹。

「我是林志達。」

「來，我來介紹，這位是……」繼程一一介紹大家給他們認識，原來這裡頭有繼程的同班同學，也有補習班的同學。

大家都坐下之後，魏鼎辛笑容可掬的拿了菜單進來，熱情的說：「謝謝大家今天來幫繼程慶生，看看喜歡吃什麼菜，儘量點，一定要吃飽啊！」

「喔！不要吃太飽，待會兒還有生日蛋糕呢！」繼程連忙站起來，指著不遠處落地透明大冰箱裡的蛋糕盒，提醒大家。

「哪有主人叫客人不要吃太飽的？」魏鼎辛笑著輕聲責備。

繼程縮回座位上，羽萱大方的拿起菜單來翻看，志達坐在她旁邊也好奇的湊過來看。

「我沒有吃過湘菜，不知道有什麼代表的菜色？」志達發問。

「一般人以為湘菜的特色是辣，其實只有五分之一左右的菜色是辣的，但是香辣的菜的確好吃，也是本店最受歡迎的招牌菜。你們吃辣嗎？」魏鼎辛介紹完，笑著問大家。

「吃。」大家被這慈藹的笑容吸引，不約而同點頭回答。

「吃什麼等級的辣啊？」魏鼎辛跟客人開玩笑。

「我不怕辣。」羽萱笑著說。

「我辣不怕。」志達很有志氣的答。

「我怕不辣。」繼程也湊一腳。

「哈哈哈！」所有人笑成一團。

「我對這一道『酸菜雞蛋炒蠶豆米』很好奇，想點來吃吃看。」羽萱指著菜單上的一道菜名說。

「沒問題。」魏鼎辛連忙對說繼程：「這道菜你不要吃，知道嗎？」

「知道。」繼程很有默契的點頭。

「為什麼？」羽萱好奇的問。

「你自己說吧！」魏鼎辛摸摸繼程的頭。

「因為我有『蠶豆症』，不能吃蠶豆相關的食物。」繼程苦笑著說。「連吃中藥都要特別小心，不能吃黃連什麼的。」

「真可憐。」志達同情的說。

「不會啊！美食那麼多，不差這一樣，生活上小心一點就好了。」繼程說。

「來吧，既然大家都不怕辣，就每樣名菜都來一道。」魏鼎辛幫他們點了一桌豐盛的高級湖南菜，「繼程，今天你是主人，好好招待客人們。同學們，大家別客氣啊！」

「好！」大家開心回應。

接著魏鼎辛便轉而去招呼餐廳其他客人，不久服務生就端上酸菜雞蛋炒蠶豆米、青椒炒肉、黃燜鱔魚、剁椒魚頭和豆豉辣椒蒸排骨。

志達每道菜都嚐了一口，湘菜果然風味獨特，除了食物本身的鮮美滋味，辣椒的香辣從舌根蔓延到口腔各處，接著透出臉頰。眾人大口配飯，猛灌飲料，大呼過癮。

「繼程，你收到什麼生日禮物？」有個男同學問。

「我媽送了我一雙名牌球鞋，我爸送我電子手環，我外公送我新手機，都放在樓上。」繼程如實回答。

「好棒！真令人羨慕。」另一個男同學說。

「把我們的禮物也拆開看看吧！」羽萱指著一旁椅子上堆疊的禮物。

趁著服務生又端上乾鍋雞和大盆花菜，繼程開始拆禮物，一一展現給大家看。除了棒球帽和Hello Kitty之外，還有人送桌遊、動漫掛圖、運動外套……，繼程笑得好開心。

「老實說，你最想得到什麼禮物？」志達猜想繼程可能有自己想要的東西，「有在這裡面嗎？」

「你們送的禮物我都很喜歡，不過我最想要的是……」繼程故弄玄虛。

「快說快說！」大家齊聲逼問。

「空拍機。」繼程笑著說。

「啊！」大家驚呼，這答案出乎所有人的意料。

「拜託，那很貴耶。」羽萱說。

「要那個做什麼？」志達問。

「你們不懂。我多想像空拍機那樣飛上天空，暫時離開這裡，不要上課、補習、練功……」繼程語重心長的說著，一時氣氛變得低迷。

「我跟你有同感，不過我建議你，放風箏比較便宜啦！」志達拍他肩膀開玩笑，大家聽了都哈哈笑起來。

趁繼程不注意的時候，志達給羽萱使個眼色，然後拿出手機傳訊息給她。

羽萱收到他的訊息，打開手機的通訊軟體。

志達：我們去廁所那兒說話。

羽萱望著他點頭。

志達站起來對繼程說：「我想上廁所，怎麼走？」

「出了包廂後右轉，經過廚房外面以後走到底再左轉。」繼程伸手為志達指引方向，然後又轉頭跟同學聊天。

「我也要去洗個手。」羽萱也藉故離席。

經過廚房外面時，他們看到洪規果副主廚像個閒人一般，坐在廚房門口。

「嗨！吃得還習慣嗎？」洪規果揮手打個招呼。

「很好吃。」志達說。

「很夠味。」羽萱也回答。

兩人快步走過廚房外面，來到廁所門口，見四下無人，志達輕聲對羽萱說：「我想上樓調查，你能不能幫我把風？如果繼程出來找我們，就傳訊息跟我說。」

「當然好。」羽萱看一下手機上的時間，「不過我待會兒就得離開去補習了，你得快一點。」

「好。」他和羽萱一前一後悄悄走出走道，再次經過廚房，轉了個彎偷偷溜到另一處，來到上回繼程帶他們搭乘的那個電梯旁。

志達見旁邊沒有人便進了電梯，羽萱留在一樓電梯口把風。

第六章
禽鳥的啟示

灶幫前幫主湯之鮮，正在三鐵共構的板橋車站大樓的頂樓打坐。

前幾天他查出消失了兩百多年的蚩尤石，是由曹姓人家持有傳承。他在調查的過程中耗掉大半內力，手上又遭到烈火燙傷，因此在告知陳淑美這個發現之後便離開了安養院，尋覓附近可以藏身養傷的地方。

他先到藥局買了治療燙傷的藥膏，拖著受傷的身體四處尋找，但著實疲累不堪啊！

這都市舉目所見都是高樓大廈，在一片都市叢林之中，難以找到像日月潭那樣清幽雅靜之所。他不知不覺來到三鐵共構的板橋火車站，只見車站大樓高聳入天，那離天空最近之處，不正是離人間最遠的天堂嗎？

他混入人來人往的車站，先搭電梯，又轉樓梯，終於爬上了車站大樓的頂樓。

這兒果然異常寧靜，正巧中央有幾座水塔，四邊女兒牆也很高，可以用來擋風遮蔭。樓下有商店有廁所，而且距離安養院也不遠，隨時可以去找陳淑美。不過，晚上睡在這兒總是不好，沒有屋簷可以遮風避雨，以他現在虛弱的身子恐怕承受不起。

湯之鮮打坐運功，調整內力，把這份擔憂擱在心頭下的一個小位置。半個小時過去，他氣血調和，身上的疼痛也減輕許多，但體內的功力只剩不到一成，需要加緊調養才行。忽然間，靈感來敲心門，他想到一個最佳的過夜之處，他欣然一笑繼續打坐。

直到夕陽西下，他張開眼睛，下樓後出站，來到附近的板橋林家花園。

林家花園現已是由公家機關管理的名勝古蹟，白天開放供人參觀，但那時已過了開放時間，園門緊閉，湯之鮮見四下無人，施展輕功翻牆而過。

沒有閒雜人等的花園非常寧靜清幽，亭臺樓閣，花窗景牆十分繁複美麗，人在其中漫遊，景隨步移，變化萬千。

「這兒雖然占地不廣，但精緻巧妙可一點都不輸給《紅樓夢》裡的大觀園。」湯之鮮不禁讚嘆。

他在榕蔭大池邊的菱形亭坐了一會兒，回想在大觀園裡抓虎魔的情景，不禁想念起廚藝精湛又敬業的王小余，還有他留給陳淑美的紙條，志達不知道是否破解裡面的謎題，學會了全脈神功的第三式呢？那個主上又會施展什麼手段來對付志達和陳淑美？他越想越憂心。

「唉！算了，我現在已自顧不暇，先把功力調養好，其餘事先不要想了。」

他在園子裡逛了一會兒，趁天黑之前施展輕功跳上「來青閣」的二樓，進屋歇息。一夜過後，趁白天尚未開園，他便跳出園子，回到車站大樓樓頂，繼續練功養身，就這樣過了兩天。

第三天中午，他運氣調理之後，覺得體力稍有恢復，然而手上的燙傷卻比起前幾天更加嚴重，疼痛難當。

「唉！這藥效太慢，恐怕還得受好幾天的苦頭。不如練習全脈神功，讓經脈健壯起來，至少能稍微緩和這如針刺火燎般的痛楚。」

他起身蹲好馬步，將僅剩的內力集中到丹田，在那兒聚化濃縮之後輸到胃經，從全脈神功第一式開始練起，接著依序把內力推向脾經、肝經、膽經，最後又送到肺經，按照五大神菜所代表的經脈順序鍛鍊全脈神功。

當內力在肺經運行完畢，他準備推向大腸經的時候，突然覺得右手燙傷之處傳來一陣清涼。

咦？他好奇檢視燙傷後的水泡，竟發現比起先前小了一些，疼痛也減輕許多。這是怎麼回事？是全脈神功的療效嗎？居然比燙傷藥還有用？他回想剛才的步驟，發現這一切都是在練完肺經之後所發生的。

「啊！對了，肺主皮毛。醫書上說，肺臟宣發衛氣於皮表，將氣血與津液送到皮膚各處，滋潤皮毛，增強抵抗外邪的能力。」

他如獲至寶，又重新把內力集聚到肺經，把全脈神功第三式打了一回。收功後再看水泡，發現傷口又好了一些。

「太好了，不過不能貪快，免得過度消耗肺氣，反而得不償失。」他勸告自己。

他躺下來望著天空休息，看見一片白雲在眼前悠悠飄過，晴空下飛過一群鴿子，忽然一隻大鳥出現，伸出利爪抓了其中一隻鴿子。鴿子想掙扎卻無法動彈。他定睛一看，那大鳥是一隻大冠鷲，攫了獵物就往山邊飛去，半路一隻體型較小的鳳頭蒼鷹衝上前去，大冠鷲為了對付鳳頭蒼鷹，爪子一鬆，鴿子便趁機脫逃振翅飛去。

「啊！想不到都市裡看得到野生動物，想必是臺北盆地四處是山的緣故。」

剎那間他腦中靈光一閃，鳳頭蒼鷹雖然比大冠鷲小一些，但不見得打不過大冠鷲，就好比那全脈神功看似沒有五毒陰功凶猛，卻也不必然無法克制五毒陰功。

再細想，根據中醫五味入五臟的原理，甘入脾，酸入肝，辛入肺，鹹入腎，苦入心。脾經和胃經互為表裡，是同一組的，肝經和膽經也是同一組。從陳淑美的修復狀況看來，全脈神功的第一式來自甘味，能治脾經和胃經；第二式來自酸味，治肝經和膽經。

這裡頭似乎有個規則。每一味可啟發一式神功，而每一式神功可救治一組經脈？如果真是這樣，第三式來自辛味，可治肺經和大腸經。第四式來自鹹味，應可治腎經和膀胱經。第五式來自苦味，可治心經和小腸經。

再說，既然陳淑美的毒傷能靠全脈神功醫治，那麼志達練好全脈神功五式之後，說不定可以對抗主上的五毒陰功？

「不管如何，我應該儘早幫忙志達學會全脈神功，但我又發過毒誓不能直接講出神菜的名稱，該怎麼讓志達得知神菜呢？」湯之鮮來回踱步，尋思解方，「有了！我可以像上回那樣設計出兩組字謎，讓志達自己解出鹹味和苦味兩道神菜。」

他苦思許久，終於想出兩組提示。

鹹味：八寶粥內水火煙。

苦味：冰滴綠咖啡，酒肉在心頭。

他決定即知即行，隨即整理一下服裝，便往安養院出發。

第七章 第四道神菜

志達進入電梯後，根據上回來到繼程家的記憶，按了十五樓。

抵達十五樓後，卻發現電梯口旁的大門上了鎖，打不開。他把耳朵貼在大門上，聽到裡面似乎有人在講話的聲音。

「應該是繼程的阿姨吧？」他輕聲的自言自語。

他轉進一旁的樓梯間，爬上十六樓，但大門同樣上鎖，再上去十七樓和十八樓也是這樣。然而爬上十九樓就不是了，那兒大門是敞開的，一旁掛著「瀟湘煙雨股份有限公司」的招牌。他沒有進去，而是轉回樓梯間爬上二十樓，發現二十樓也是封閉的。他記得繼程說過這兩層樓是家裡開的公司，而且在美國有三家分店，真想不到餐飲事業可以拓展到如此宏大的規模。

他看看手機的時間，一晃眼過了十分鐘，應該去找羽萱了，他便按了電梯準備下樓。

忽然間，身後有道黑影閃過，志達用眼角餘光瞥見後立刻跟過去，看見黑影進入樓梯間並往樓下竄。他急忙施展輕功去追，沒想到黑影速度極快，追都追不上。

來到一樓時，黑影消失，志達赫然聽見羽萱驚慌的叫著：「把手放開，你弄痛我了，把手放開。」

志達循著聲音過去，竟看見電梯口有人抱住羽萱，那人不是別人，正是繼程的阿姨魏虹。魏虹嚷著：「車車還給我，車車還給我，人家要出去玩。」

魏虹身材微胖，舉起雙手便將羽萱整個環抱住，羽萱想用武功大力掙脫，又怕不小心傷了魏虹，因而為難的大叫：「放開我呀！」

志達見狀上前幫羽萱解圍，沒想到魏虹竟然大哭，轉身推了志達一把：

「嗚……你把車車還給人家啦！」

「啊！」志達十分錯愕。

這時電梯門打開，一個年輕婦人推著輪椅走出來，叫說：「怎麼趁我不注意先跑了？」

「她說我們偷了她的車子。」羽萱無辜的說。

「虹虹的車車來了，快來坐。」那位婦人說。

魏虹轉頭看見輪椅，立刻拋下志達坐上去，破涕為笑。「哈哈，我要去郊遊嘍！」

「對！虹虹乖乖坐好，我們等一下就去吃冰淇淋。」婦人又說。

「我不亂跑，我坐車車吃叭噗！」魏虹開心抬頭回望著婦人。

「好，我們準備去郊遊嘍！」婦人安撫魏虹。

志達對羽萱眨眨眼，微笑目送婦人和魏虹從另一個門出去。

這時洪規果站到他們身邊，疑惑的問說：「你們在這兒幹什麼？不是在幫繼程慶生嗎？」

「喔，我們去上廁所，因為……」志達一時心虛，支支吾吾的。

「唉呀，因為廁所裡面有人，志達又尿急，我們想到樓上可能還有廁所，於是想要上樓去找。」羽萱編個藉口搪塞過去，似乎早已準備好說詞。

「結果呢？」洪規果繼續問，「上完了嗎？」

「沒有。」羽萱咧嘴笑著說，「還沒上樓就被魏虹阿姨絆住了。」

「終於找到你們了。」志達和羽萱回頭一看，原來是繼程，「上個廁所也上太久了吧！」

洪規果看到繼程就先離開，志達和羽萱又把剛才的理由說了一遍。

「一樓還有另一間廁所，我帶你們去。」繼程說著帶他們穿過廊道，來到廁所前。

羽萱先進去，志達好奇的問繼程：「我們剛才遇到魏虹阿姨，她的腳受傷了嗎？怎麼會坐輪椅？」

「沒有啦！輪椅像是我阿姨的娃娃車，現在是她的郊遊時間，看護楊小姐都會帶她去公園逛逛。」繼程微笑著說。

志達覺得洪規果頗為可疑，又問：「洪規果副主廚為什麼閒著沒事，坐在廚房門口發呆？」

「不是啦！那是主廚的工作，不用親自做菜，只要其他廚師們做好了菜，給他檢查過關，就能端上桌給客人吃。那本來是我舅舅魏興的工作，現在由洪規果暫代。」繼程解釋說。

「對了，你舅舅的傷勢恢復得怎麼樣？」志達關心的問。

「他受傷不久後，就到我媽那邊去接受治療了。」繼程回答，「我媽去醫院探病時，還開視訊給我們看呢！」

「你是說美國嗎？」志達頗為驚訝。

「是啊。他的傷勢需要高壓氧治療，我爸在美國有位朋友是專門的醫生，介紹我舅舅過去。聽說現在恢復得很好。」繼程說。

「那太好了。」志達欣慰的說。

「我好了。」羽萱走出廁所，「換你了，志達。」

志達進廁所後，羽萱對繼程說：「我該走了。」

「好吧，我知道你還得趕去補習。」繼程無奈的說，「這樣好了，我們先來切生日蛋糕，你吃完蛋糕再走。」

「好啊，那得快喔！」羽萱提醒。

三人回到餐桌前，服務生把插好蠟燭的蛋糕端上來，眾人齊聲唱起生日快樂歌。

「祝你生日快樂，祝你生日快樂……」

唱完歌後所有人一起鼓掌，繼程吹熄蠟燭切蛋糕，分給大家吃。

羽萱大口吃掉蛋糕，然後急忙起身。

「我送你出去。」繼程說。

「不用了，你招呼同學們吧！我送她就好。」志達主動幫忙。

「好，謝謝你。」繼程感謝的說。

兩人走出餐廳大門，羽萱家的轎車已在馬路邊等待。

「怎麼樣？你剛剛上樓探查有沒有什麼發現？」羽萱問。

「沒有，有幾層樓的大門上了鎖，而且時間太短，什麼都沒看到。」

「應該再找機會暗中調查。」

「好。」志達點個頭。

羽萱上車後，志達回到餐廳內繼續慶生，不久聚會結束，客人們紛紛離開，繼程卻留下志達。

繼程滿臉好奇的對志達說：「我聽你和羽萱談論全脈神功的事很久了，卻從來沒看過。我想看看這套神奇的武功，你可以讓我看看嗎？」

「好啊！」志達欣然答應，「吃飽飯來運動一下也不錯。」

繼程開心的領他進電梯，來到位於二十一樓的練功房。志達演練全脈神功一到三式，繼程一邊看一邊讚嘆。

「太神奇了，我第一次親眼見到。」繼程羨慕的說，「可以教我嗎？」

「當然好。不過羽萱學不起來，或許這套功夫不像其他武功一樣，光練會招式就可以學會。」

「我來試試看。」繼程興沖沖的說。

於是志達又打了一次全脈神功第一式，還刻意放慢動作講解。繼程依樣畫葫蘆，卻感覺不到體內有任何變化。志達又教了幾次，繼程一無所獲，最後便放棄了。

「唉！如果還有千年老麵，說不定我吃了就會有充足的內力可以練神功了。」繼程遺憾的說。

「別難過，世上除了全脈神功，還有其他厲害的武功啊。」志達安慰他後，忽然想起第四道關於鹹味的神菜，便問繼程：「據說第四道神菜是鹹味的名菜，湘菜裡面有什麼鹹味的菜嗎？」

「那可多了，湘菜鹹味的菜非常多，一時還真不知從哪一道說起。」繼程說。

「哪一道最重鹹香？」志達急切的問。

「最具代表性的應該是臘味合蒸，裡頭都是醃漬風乾的各種臘肉，包含了臘豬、臘鴨、臘魚、臘羊、臘雞，是最重鹹香味的菜。」

「能不能拿這道菜給我吃看看？」

「好啊！」繼程說完就帶著志達搭電梯下樓，來到廚房。

繼程跟洪規果打個招呼，自己從蒸籠裡拿了這道菜。

志達吃了一塊臘肉，覺得好鹹，忍不住皺著臉大叫：「超鹹的！」

「不會啊！我覺得還好，味道剛剛好。」繼程也拿一塊臘肉吃。

志達臉色一燦，心裡有數。

「該不會是這道菜吧！」繼程驚訝的問，「我來查看看這道菜的典故。」

兩人拿出手機，上網尋找資料，很快得到答案。相傳「臘味合蒸」的發明人叫劉七，是明朝人。

「我這就去試試看。」志達急忙走出廚房，又走出餐廳大門，來到防火巷想敲擊軒轅石。

「等等，我想和你一起去。」繼程跟在他後面追上來。

「回去學神菜可能有危險。你確定？」志達說。

「我不怕，就當成你送我的另一個生日禮物。」繼程說。

「好，你靠到我身邊。」志達大方的答應，然後拿出軒轅石和鐵湯匙，大聲說：「雷金流火，天地玄黃，元祖叱吒，萬古流芳，天清清，地靈靈，全脈神功，請示薪傳——」志達敲擊軒轅石，大喊：「臘味合蒸……」

剎時青色火焰拔地而起，火光衝天，空中飛出一頭青熊大吼，繼程看得目瞪口呆，驚訝不已。

不過這景象也讓遠處的一團黑影看見了，那黑影急忙跑去找主上。

第八章 噬血魔的詭計

「吼！」青熊竄上空中，純青的火焰也瞬間燃盡。

「哇！好壯觀的場面，我雖然聽你和羽萱說過，卻沒想到這麼震撼。」繼程抬著頭不停的眨眼睛，驚訝的說。

「同樣是第一次，你可比羽萱和安南鎮定多了。」志達誇讚他。

「那當然，我是來觀光的呀！」繼程調皮的說著。

志達笑了笑，然後環顧四周，只見他和繼程換上了古裝，站在一座大城池的外面。這座城不知多大，只覺得一眼看不到城牆的盡頭，而城邊緊鄰一條護城河，又寬又深，看不見底。轉身再看，眼前是一整片的農田，農田裡不見農作物，卻覆蓋著薄薄的白雪，再過去是脫去綠葉的雜林，林後隱約可見平緩的丘陵。太陽斜射，天氣寒涼，風一吹來讓人禁不住拉緊衣領。

「哇！好雄偉的城牆，在寬廣的天地間，景色如詩如畫，空氣又清新，太棒了！」繼程第一次來到古代，對任何事物都感到新奇。

「現在應該是冬天。」志達指著地上的白雪說。

「真有趣！」繼程開心極了。

他們四處張望，看見穿著官服的人和一位老農婦在農舍旁拉扯，便好奇的過去查看。

「大人，你不能再拿了，求求你。」老農婦哀求說。

「只不過拿你幾顆大白菜，你也敢反抗？」官兵強悍的說。

「不，你已經連來三天，我這十幾顆留著過冬用的大白菜，都快被你搜刮光了。」老農婦跪下來懇求。

「少囉唆！」官兵一腳把老農婦踹開。

「危險！」志達飛奔過去，扶住老農婦，使她不至於摔在地上。

「豈有此理。」繼程感到氣憤，衝過去對官兵施展棋拳。

「哪來的野孩子？」官兵丟下手上的大白菜，跟繼程打起來。

兩人對打幾招，沒想到那官兵頗有功夫底子，繼程漸漸不敵，最後失去重心，跌了一跤。

「再管本大爺的閒事，就把你抓去牢裡關起來。」官兵語帶威脅，接著撿起大白菜就要離開。

「站住。」志達大喝一聲，一個箭步過去，抓住官兵的右手，將丹田的內力傳到他的經脈。官兵立刻像觸電一般全身抖動，翻起白眼，手上的大白菜掉落地面。

三秒之後，志達放手，但官兵仍嚇得說不出話，隨即驚恐的落荒而逃。

看官兵逃走後，志達回頭關心的問老農婦：「老婆婆，你有沒有受傷？」

「沒什麼大礙，就是左邊肩膀有點疼。」老農婦嘆口氣，揉著肩膀。

「讓我看看。」志達運功，把內力集中在右掌，然後搭在老農婦的左肩上。

「唉唷！」老農婦感到一股痠麻刺痛竄入肩頭，痛得大叫。

「對不起弄痛你了。」志達安撫她，又轉頭問繼程：「你有沒有怎麼樣？」

「我沒事。」繼程已經站起來，拍掉身上的灰塵。

「咦，竟然不痛了。」不過才一眨眼的功夫，老農婦咧開嘴笑了。

「你手上那條筋被官兵踹傷，但我已經把它修補好了。」志達鬆開手，高興的說。

「謝謝你，謝謝兩位小哥。」老農婦感恩的說。

「那個官兵常來欺負你嗎？」繼程關心的問。

「聽說是幾天前的慶典上他跟人聚賭，把俸銀花光了，才來拿我的菜蔬去賣錢。」老農婦哀怨的說，「第一天我沒計較，誰知道這傢伙天天都來。我上個月採收的莊稼已經不多，上繳給地主大老爺之後，只剩十幾顆大白菜可以過冬，他要是拿光了，我可怎麼活？」

「什麼慶典？」繼程一聽興致高昂，「我們運氣真好，碰上了慶典。」

「兩位小哥是外地來的吧？」老農婦微笑說，「五天前臘月初一，是『赤焰大仙』的千秋盛會，信眾們扛著赤焰大仙的神轎在附近十九個村鎮巡行，每到一處都是人山人海，熱鬧極了。」

「好可惜，我們來晚了。」繼程遺憾的說。

聽到「赤焰」兩字，志達不禁想起主上現身時那紅色的火焰，心中不免嘀咕了一下。「為什麼叫做赤焰大仙？」

「聽說是火裡頭跑出來的神仙，除魔救世呢！」老農婦指著城牆說，「那不，長沙城裡就有一間供奉大仙的小廟，香火旺盛得不得了。」

「老婆婆，那赤焰……」

志達還要問下去，卻被繼程打斷。

「我們是來找神菜的。」繼程轉身問老農婦，「老婆婆，你有沒有吃過臘味合蒸？」

志達心裡一愣，心想：不是這樣的。繼程顯然是誤解了學習武功心法的順序。

「小哥，你說那是什麼？我沒聽過。如果說是臘味，那我吃過的可多了，臘豬、臘牛、臘羊、臘雞、臘魚，舉凡抹上粗鹽風乾煙燻的臘味我都吃過。」老農婦先是困惑，接著又感嘆的說，「可惜前幾年兵荒馬亂，田裡的莊稼沒能收成，更別說有肉可吃。我這窮婆子已經好久不知道肉的滋味，只有城裡的有錢人能醃製臘肉呢。」

「這長沙城的城門在哪兒？」繼程又問。

「你們沿著護城河走就能看到北城門了。」老農婦指著前方說。

「好了，我們快走吧。」繼程拉著志達快步離開。

志達邊走邊回頭，看到老農婦對他們揮手，他也揮手告別。

「志達，你真厲害。」繼程敬佩又崇拜的說，「羽萱有看過你幫人治病嗎？」

「我不會幫人治病啦，只是運用武功的內力。」志達謙虛的說。

兩人很快來到北城門，走過護城河上長長的橋。

進城之後，看到街道上滿是人潮，到處是商家攤販在做生意，人們逛街挑選商品，討價還價，人聲鼎沸。有些人穿著華麗整潔，有些人則是粗布衣裳，更有不少人衣著破爛，甚至坦胸露腹，打著赤腳，來回穿梭乞討。

茫茫人海，他們卻不知何去何從。

「長沙城這麼大，我們怎麼找到臘味合蒸呢？到餐館去嗎？」繼程急切的問。

「不要急，依照以前的經驗，我們不必去找，這道菜會自動找上門來的。」志達安撫他說。

「真的嗎？有這麼好的事？」繼程半信半疑。

「走吧，留意身邊的人事物，隨時都有可能發現神菜。」

「好。」繼程警醒起來，試圖把耳朵、眼睛、鼻子都點亮。

他們走入人群中，繼程馬上被攤販的商品吸引，有人賣菜、賣肉，還有賣字畫、繡品、乾貨的，各色商品琳瑯滿目。

「哇！竟然有人賣蜥蜴乾，還把十隻蜥蜴尾巴綁起來一起賣。」繼程訝異的指著一個小販的商品說，「這能吃嗎？蜥蜴沒什麼肉啊！」

「大概是藥用的吧。」志達猜測的說。

「小哥，這叫蛤蚧，可以補肺益腎，平喘補陽氣。」小販聽到他們的對話在一旁解釋，「要不要來一些？」

「不要，不要。」繼程連忙揮揮手。

「繼程你看，那邊有人在耍猴戲，我們去看看。」志達對繼程說。

「好啊！在哪裡？」繼程踮起腳尖，興致高昂的問。

「好心的大爺，可憐可憐我吧，我已經三天沒吃東西了，給我點碎銀子吧！」忽然一個瘌痢頭的小乞丐攔住繼程，苦苦哀求說。

「碎銀子？」繼程感到錯愕，但仍認真的對他說，「我沒有銀子，事實上我什麼都沒有，你找錯人了。」

「好心的大爺，不瞞你說，我剛剛聽到你們說要找臘味合蒸，我知道哪裡有賣那東西。」小乞丐說。

「真的？在哪裡？」繼程感到幸運極了。

「你跟我來。」小乞丐說著便往巷子裡跑去。

繼程見機不可失，顧不得志達不在身邊，便跟在小乞丐後頭前進。

另一頭，志達來到耍猴戲的攤子前，看到耍猴人一會兒叫猴子給自己戴帽子，一會兒叫猴子倒立、翻斛斗，贏得滿堂喝采，志達也看得興味盎然。不久耍猴人開始賣起膏藥，志達就沒興趣看了。

他原以為繼程就在身邊，誰知左看右看不見繼程的蹤影，只得回頭去找。

「臘味合蒸！臘味合蒸！新菜上市，一兩銀子一缽。」一個矮胖的中年男子穿梭在人群中，頭上頂著一個托盤，盤上放著三個小陶缽，沿路叫賣。

「太貴了，臘肉自己醃製就好了，這麼貴誰會買呀？又不是傻子。」路過的人聽了都嫌惡的說。

只有志達一聽喜出望外，他擠過人群，來到男子面前，心想這個人很可能就是這道菜的發明人，因此客客氣氣的說：「這位大哥，我想吃這道菜，可是沒有錢。不過我願意幫忙做菜和叫賣，用來支付這道菜的錢，可以嗎？」

「小兄弟，別叫我大哥，叫我劉七就好。」

「好，劉七。」志達心中大喜，沒想到這次那麼幸運。

「我看你是個識貨的行家，這樣好了，看在你這麼有誠意的份上，我免費請你吃一缽，不用錢。」劉七大方的說。

「真的嗎？謝謝你。」志達感激的說。

「來來，這兒人潮太多，我們到旁邊去，免得讓人撞壞了我的生財工具。」劉七把志達帶到旁邊住家的屋簷下，取下頭上的托盤，然後打開一個缽蓋。

臘味香氣頓時撲鼻而來，志達忍不住吞了口水。

「不知道這是怎麼做的？」志達好奇的問。

「你先吃，吃了我再告訴你作法。」劉七親切的說。

「好。」志達手邊沒有筷子，只得直接用手指掐起一塊臘肉送進口中。

「好吃嗎？」劉七笑瞇瞇的問。

「嗯……」志達想回答，卻覺得胸口緊縮，心跳狂速，急忙摀著心口。

「咳！」一口鮮血猛然從他口中噴出，他還來不及驚嚇，瞬間感到天旋地轉，眼前一黑，雙腿一軟，就什麼都不知道了。

第九章 獨臂乞丐捨身相救

繼程跟著小乞丐走進巷子，怎知小乞丐竟然快速奔跑起來。

「喂！你慢一點，等等我呀。」繼程呼喊他，並且快步追上去。

小乞丐不理會他，逕自穿街走巷，竄過另一條大街的人群，跳過一道矮牆，一下子就不見蹤影。

「太過分了，簡直在耍我。」繼程忿忿的說，「這下糟了，到哪裡去找志達呢？」

他懊惱的抓抓頭，只得折回去原來的大街上。

那個賣臘味合蒸的劉七一見到志達中毒昏迷，連忙蹲下來把托盤丟在地上，陶缽摔碎了也不顧，直接伸手到志達的懷裡，搜尋一會兒後拿到了軒轅石，得意的笑說：「哈！這麼簡單的事，我怒豺不費吹灰之力就成功了，真不知道狂狼和瘋豹怎麼會辦不好，還丟了性命，真是兩個蠢蛋。」

繼程終於在大街旁發現志達，沒想到志達躺在地上，昏迷不醒，而且一旁有個男子拿著志達的軒轅石。

「住手！」繼程急忙喝止，「把石頭放下。」

「嘖！那個小乞丐不是把你引開了嗎？」怒豺驚訝的說。

「看我的磅礴鳳梨拳。」繼程見對方不交出石頭，便憤怒的展開攻擊。

怒豺縮手格擋，見繼程來勢洶洶，退一步擺起架勢。「我只是要他身上的石頭，你別逼我出手。」

繼程不理會他，繼續出拳。一個鳳梨拳揮中怒豺的下巴，怒豺痛叫一聲，也出手打回去。

怒豺出拳雖猛卻缺乏招式，繼程很快看出來此人沒有功夫底子，因此竭力進攻，分別在他頭上、胸口都打了兩拳。怒豺連連挨打，終於受不了疼痛大吼一聲，隨即變身為一頭高大凶猛的大豺，一張血盆大口朝繼程的手咬去。

「這是……」繼程大驚，急忙縮手。路人看見也驚駭喊叫，紛紛躲避。

大豺騰空而起又俯衝下來，繼程嚇得倒退三步。眼看尖牙利齒就要咬上繼程的肩膀，此時一個身影竄到他面前，一根棒子落在大豺身上。

「啊！」大豺痛叫一聲，發狠反擊，把滿口長長的尖牙猛往那個人上身咬去。那人急忙後退兩步，緊接著揮舞著手中的棍棒，頻頻朝大豺的頭部猛打。

那個人有時握住棍棒的中心點旋轉，有時正握一端去揮打，那棍棒因而看起來忽大忽小，快慢多變，好似孫悟空手中神奇的金箍棒。大豺挨了打急忙閃躲，卻被那俐落的身子和攻勢阻擋，跑不出半徑三尺外。他張嘴去咬那個人，可惜空有銳利的尖牙，卻近不了對方的身子。

那個人變換姿勢與動作，把棍棒揮舞得虎虎生風。那棍棒是木頭做的，卻因反射了陽光而顯得銀光閃閃，有如刀光劍影，讓人望之膽寒。大豺不只頭部受創流血，連腹部和胸部也遭受棍棒攻擊，疼痛難當，軒轅石因此離了身掉落地上。

「主上！快救我，主上！」怒豺終於受不了，哀聲叫著。

剎時一股陰風從空中吹來，拿著棍棒的男人感覺不對勁，連忙閃開。就這一小步，讓怒豺得空脫身，竄上屋頂，緊接著屋頂噴出紅色的火焰，一團紅牛形狀的火焰在上頭繞圈，怒豺便消失無蹤。

「赤焰大仙！」一旁圍觀的路人欣喜的大叫，跪下來對空中虔誠膜拜，並且高聲呼喊：「赤焰大仙，除魔救世。赤焰大仙，除魔救世……」

「唉呀，快看！」其他群眾像著魔了那樣，全都張大了眼睛嘴巴，驚喜萬狀的趴下來，同聲高呼：「赤焰大仙，除魔救世。赤焰大仙，除魔救世……」

「這是怎麼回事？」繼程愣在原地說不出話。

接著他看向拿了棍棒的男人，發現他衣衫襤褸，蓬頭垢面，一頭亂髮彷彿壞掉的拖把，簡直就是個「資深遊民」。而且他只有左手拿棍棒，右手臂的地方空蕩蕩的。原來是一位獨臂的乞丐，真想不到他功夫那麼厲害。

繼程雖然欽佩此人的武功，但是看他骯髒的模樣，心中有些反感，接著又回頭看志達，發現他嘴角冒著鮮血，臉色黑青，心裡一驚，連忙過去搖他的身體。「志達！志達！你醒醒，你怎麼了？」

志達一點都沒有要清醒的跡象，繼程慌張的流出眼淚。

「你的朋友中毒了。」那個獨臂乞丐對他說，「剛才我經過附近目睹一切。不過現在妖怪已經被赤焰大仙抓走了，你可以放心，妖怪不會再來了。」

「可是我的朋友怎麼辦？請你救救我的朋友。」繼程懇求的說。

獨臂乞丐靠到繼程身邊輕聲說：「三日下廚房，洗手做羹湯。」

繼程一愣，連忙抹去眼淚：「誰知盤中飧，粒粒皆辛苦。」

「琴棋書畫詩酒花。」獨臂乞丐又說。

「柴米油鹽醬醋茶。」繼程笑著說。

「你叫什麼名字？」

「我叫李繼程。」

「很好，我叫做粘六。」

「我是官灶派的，大哥你是民灶派的嗎？」繼程看男人衣著破爛，身體髒亂，因此這樣猜測。

「別亂說，我是丐幫的人。」粘六說，「你也別叫我大哥，就叫我粘六吧。」

「丐幫？跟那個小乞丐一樣。」繼程剛才被小乞丐耍了，這時不免生起戒心，「那你怎麼會知道我們灶幫的暗號呢？」

「老實跟你說無妨，我以前確實是民灶派出身，後來才轉入丐幫。剛才我是認出你的鳳梨拳，猜出你的身分，念在曾經同是幫員的份上才出手幫你。不過你不要跟別人提起這件事，尤其不能讓丐幫中人知道，否則惹來閒言閒語，徒增是非。」粘六謹慎的交代。

「我知道了。」繼程聽那人談吐不俗，對他多了幾分敬意。

「你的朋友臉色發黑，像是中了毒，這大街上人來人往的，我帶你們到安靜的地方，仔細幫他檢查。」粘六好意的說，並把手中的棍棒交給繼程，「你幫我拿著。」

繼程接過棍棒，像是在大海中漂流時抓到一根浮木，生出得救的希望，旁人指指點點的不知說些什麼，他都不在乎。

粘六蹲下來單手一抱便把志達扛在肩膀上，接著大步往前邁去。一隻瘦弱的白狗尾隨在後面，搖著尾巴。

「啊！對了，軒轅石呢？」繼程回想起剛才打鬥的經過，記得石頭掉到地上，應該沒有被大豺拿走，連忙低頭尋找。可是找來找去，卻不見石頭的蹤影，「糟糕！石頭不見了！」

繼程看著粘六已經走遠，只好放棄尋找，急忙追上去。

粘六抱著志達來到一處偏僻的巷弄，他輕輕放下志達，凝神專注的替志達把脈，然後說：「你的朋友中了奇毒，腎經和膀胱經都受到傷害。」

「求求你幫忙醫治我朋友。」繼程懇切的求著。

「我沒有能力醫治他，不過我可以先為他運功，阻擋毒血流入其他經脈，這樣的話他暫時不會有生命危險。」

「拜託你了。」繼程著急的說。

粘六讓繼程把志達扶坐好，然後單手在他背後運功。只見一道紅光從粘六手臂傳入志達背後，志達發黑的臉色漸漸轉紅，臉上冒出豆大的汗珠。

半個時辰過去後，粘六停手收功，緩緩的說：「嗯，可以了。他現在身體還很虛弱，讓他休息一陣子便會清醒了。」

繼程聽完鬆了一口氣，懸在心上的大石終於放下了。他讓志達躺平，自己也坐在地上歇會兒。

粘六走到牆邊坐下，閉目養神，三人安靜無聲，卻見一旁有隻小白狗依偎在粘六腿上。繼程這才發現粘六有養狗，想必是剛才太緊張，沒有留意到小狗的存在。

「咕嚕！咕嚕！」

原先緊繃的神經放鬆下來，繼程的肚子便餓得咕嚕叫。

粘六聽見了張開眼睛，他看看繼程，拿出懷中的半張粗餅，撕下一小塊餵給小狗吃，其餘的全遞給繼程說：「你餓了吧？吃點東西。」

繼程看那張餅十分粗鄙，粘六的身子又髒，猶豫要不要接過來，可是他肚子確實餓了，便說：「有沒有其他東西？最好有碗熱湯，我最喜歡皮蛋瘦肉粥了。」

粘六雙眼一瞪，錯愕的說：「原來是個官家少爺呀！哈哈，就算真的有你說的美食，我也不會留給你。我這兒只有昨天乞討來的半張粗餅，要不要隨便你。我數到三，你若不想吃，我就把它吃掉了。一、二……」

「我吃！」繼程急忙說，並且把餅拿過來，委屈的吃起來。

沒想到那餅真的很難吃！裡面不知道是汗臭味還是餿味，完全沒有麥子香，口感非常粗糙，還夾雜著碎石子。繼程還沒吃進去就想吐出來，但為了止飢只得勉強吞進肚子裡。

粘六一邊打開隨身的葫蘆，給志達嘴裡灌點水，一邊看到繼程嫌惡粗餅的臉色，忍不住說：「你這不知好歹的傢伙，這半張粗餅我原來打算分成三天吃，現在全讓給你吃，你還敢嫌棄？」

「對不起。」繼程挨了罵覺得很無辜，溼了眼眶，又不忘對粘六說：「謝謝你。」

「別謝了，今天已經沒東西吃了，明天開始你得自己去乞討食物，我可是泥菩薩過江，自身難保。」粘六鄭重的說。

「啊？討東西來吃？怎麼可能？我們家是開餐廳的，怎麼可能跟遊民一樣去跟人家乞討，我又不是乞丐。」繼程忿忿不平的說著。

「呵呵！這些話你就留著等哪天回家時再說吧！我現在要去乞食了。你好好看著你朋友，別讓野貓、野狗、野鼠來咬了他。」粘六說完站起來，拿起那根棍棒便轉身要走。

「你拿棍棒是要去跟人打架嗎？」繼程認真的問。

「這是打狗棒，丐幫人手一支。」粘六把棍棒一轉，一個刀刻的「丐」字赫然出現在一端，「明天你去路邊撿一支，要不就自己爬到樹上折一支。」

「要做什麼？」

「這樣好不容易討到東西吃的時候，若是出現野狗來搶食，可以用棍棒趕走……」

粘六還沒回答完畢，忽然從巷子口跑進一個小男孩，高聲嚷嚷說：「在這裡！他們在這裡！」

這話剛說完，十幾個衣衫襤褸的乞丐衝了進來，裡面有男有女。

「啊！是剛才把我耍得團團轉的小乞丐。」繼程一見到他，生氣的問：「小乞丐，你為什麼要騙我？」

「不甘我的事，是一個托著陶缽的男人給我碎銀子，叫我把你帶進巷子的。」小乞丐說。

「廢話少說。」當中一個年紀較大的乞丐站出來說：「粘六，你把食物送給外人吃，分明是犯了幫規。」

「我們乞丐能討來的錢財食物本來就不多了，你多帶兩個人來，叫我們喝西北風嗎？」另一個乞丐說。

「大家同情一下這兩位落難的小兄弟，我不過短暫接濟他們，明天開始，我就會帶他們去乞討，也會勸他們加入丐幫的。」

「不行不行，這長沙城已經有太多乞丐了，僧多粥少，大家每天餓著肚皮，怎麼還能讓外人來瓜分食物呢？」又一個乞丐說。

「把他們趕出城去。」小乞丐大聲的說。

「對！趕出去！趕出去！」眾乞丐紛紛應和。

「眼看著太陽就要下山了，要是把他們趕出城去，不被山上那些豺狼虎豹吃掉才怪。」粘六編造理由說：「老實跟你們說，我剛才跟這位小哥聊天，發現他是我的遠房親戚，同是天涯淪落人，就請大家高抬貴手，放過他們吧！」

「什麼遠房親戚？就是皇親國戚也是一樣。」其中一個乞丐大叫：「攆出城去！」

「別過來，不然我可不客氣了。」粘六叫說。

「汪汪汪！」小白狗知道主人生氣了，也跳起來準備戰鬥。

「太好了，把那隻狗搶來加菜。」年紀最大的乞丐叫囂著。

眾人一聽振奮起來，啊的一聲便舉起棍棒打過來。繼程一看苗頭不對，急忙站起來擺好官灶派功夫的架勢應戰。

第十章 乞丐真難當

怎知一陣亂棍齊飛，繼程雖然擋下了幾招，踢了幾個人，但是手腳一再遭到棍棒劈打，痛得受不了。一旁那粘六功夫不得了，每回出手都能擋住對手的攻勢，並且還能用棍棒的頂端去點對手的穴道，其中三人因此被制伏在地，無法動彈。

慌亂中，小白狗不知被誰砸中了頭部，應聲哀叫，粘六正在跟人打鬥，急忙撥開對方的棍棒去救心愛的寵物。無奈當他把小白狗抱回懷中，發現牠鼻孔和耳朵流出鮮血，已經斷氣了，粘六傷心欲絕。

「啊！」他怒火攻心狂吼一聲，怒目齜牙的發起狠來，像是鬼神上身般的要起棍棒，朝那幫乞丐揮打。

「天哪……救命……」那群人完全不是他的對手，一下子被打得落花流水，個個倒地不起。

「現在開始，誰敢再為難我的人，我絕不會手下留情。聽到了沒有？」粘六威嚇他們。

「是是是……」乞丐們頻頻點頭回應。之後乞丐們爬的爬，滾的滾，動不了身的就讓別人拖著，急急逃出巷子。

「嗚……」趕跑了那群人，粘六癱坐在地上，抱著愛狗痛哭失聲。

「嗚……」倒在地上的繼程也哭了，因為他的雙腳也被人亂棍打傷，痛得不得了，完全無法行走，只能痛苦的哀號。

這時空中飄下雪花，一陣淒冷的感覺在空中飄蕩。

「我心愛的老狗，陪伴我多年，今天卻為了保護我而死。」粘六抱著小白狗站起來往前走。

「你要去哪裡？」繼程問。

「我要好好安葬牠。」粘六說完就離開了。

漫天雪花紛飛，繼程卻忘了寒冷的感覺，看著粘六離去的背影，又看著昏迷的志達，感到非常徬徨無助。

從剛才一直昏迷不醒的志達，這時卻被吵鬧聲喚醒了，他慢慢的張開眼睛，看看四周，困惑的問：「這裡是哪裡？」

「啊，你醒了。」繼程掙扎著爬到志達身邊。

「我怎麼會躺在這裡？」志達又問。

「是粘六，他說你中了毒，好心收留我們，但剛才卻出現一群乞丐想把我們趕出城外……」繼程忍著腳痛，把事情的經過告訴志達。

「聽起來，是那個賣臘味合蒸的男人對我下毒。他自稱劉七，八成也是假冒的。」志達難過的說，「可是他為什麼要把你引開？難道那男人是針對我而來？」

「應該沒錯。我發現你的時候，你已經躺在屋簷下，身邊圍著一堆人，可是最後只有粘六出手幫忙。」

「我們剛來到明朝，怎麼就有人想害我？難道那個下毒的人是噬血魔假扮的？」

「我沒看過你們說的噬血魔，但是他後來變成一隻大豺。」繼程回憶著說，「粘六出手阻止妖魔，但空中卻突然出現大火，接著大豺就不見了。他們說那是赤焰大仙下凡來除魔救世……」

「赤焰大仙？應該是主上才對吧！」志達萬分狐疑，連忙去摸懷裡的軒轅石，立刻驚叫，「啊，石頭不見了！」

「那隻大豺拿了你的石頭，後來粘六出手阻止他，石頭掉到地上。我顧著看他們對打，等到回過神再去找，軒轅石已經不見了。」繼程充滿歉意的說。

「真糟糕，這樣我們就回不去了。」志達的語氣中透出驚恐和慌張。

「對不起。」繼程紅了眼眶，淚水在裡面打轉。

「沒關係，你也不是有意的。我相信天無絕人之路，我們一定會找出辦法的。」志達打起精神安慰繼程，又說，「你說的那個粘六在哪裡？」

「剛才在打鬥中，他的狗被人打死了，他去埋葬小狗。」

「你怎麼趴在地上？手和腳都是傷。」

「是剛才被那群人用棍棒打傷的。」繼程哽咽的說。

「你坐好，我來幫你療傷。」志達慢慢坐起來，想到繼程背後發功，但才想把氣集中到丹田就發現力有未逮。「咳！咳！咳！」

「怎麼會這樣？」志達鎮定心神，重新運氣再來，沒想到卻咳得更厲害了。

「咳！咳！咳！」

「你剛剛醒過來，不要勉強。」繼程勸他說。

這時粘六回來了，繼程連忙跟志達介紹：「這位就是我們的恩人，粘六粘大哥。」

「粘大哥，謝謝你救了我。」志達感激的說。

「你醒了，很好。」粘六悶悶的說著，走過來檢查繼程的腳傷，然後擔憂的說：「你左腳的筋被打傷了，休息兩天就會慢慢消腫，但右腳傷到了骨頭，需要時間慢慢復元，這段期間不能走路，否則右腳就要廢了。」

「我剛才想幫繼程療傷，卻完全使不上力。」志達嘆氣的說。

「你站起來看看。」粘六對志達說。

這時雪停了，志達勉強站起身，感覺自己下腹部一陣悶痛，不自覺的摀著痛處，身體前彎，連站直身體都做不到，只能彎著腰駝著背，像老態龍鍾的老人一般。

「你中了奇毒，傷了腎經和膀胱經，間接也傷害了筋骨。那些毒還殘留在你的身體內，沒有排出來，你千萬不要再運功動氣，否則經脈會有斷裂的危險。」粘六說完，轉而問繼程：「剛才給你的那張粗餅呢？吃完了嗎？」

繼程往四處張望，然後指著前方地上，「在那兒。」

粘六過去撿起來，交給志達說：「吃吧！吃了才有體力，我這兒有水。」

志達望著沾滿塵土的粗餅，猶豫起來。

「這餅雖然不好吃，但能補充體力，你就吃一些吧！」繼程勸慰他說。

「好。」志達輕輕咬了一口有沙土和怪味的大餅，為了補充體力只能勉強囫圇吞下肚。

「本來我要讓繼程留在這兒照顧你，現在你醒了，就隨我去乞討吧！」粘六對志達說。

「乞討？」志達驚訝的問。

「當然，不然哪裡有東西可以吃？」粘六理所當然的說。

「你是乞丐？」

「哈，難道你看不出來嗎？」粘六兩手一張，秀出一身破爛髒汙。

「在這長沙城裡，沒有正常的工作可以做嗎？」志達又問。

「正常的工作？你指的是什麼？」粘六笑著問。

「我會做菜，可以到餐館酒樓去當廚子，或者是跑腿、打雜的，都好過當乞丐呀！」志達認真的說。

「哦？」粘六走到一旁拿了一顆壘球大小的石頭過來，「你捧著。」

志達伸手去接，瞬間身子前傾，石頭落地，人也摔在地上。

「這種身體怎麼去當跑堂？更何況是廚子！」粘六搖頭說，「如果不想餓死，就跟我去乞討吧！人家看到你彎腰駝背，一副病懨懨的樣子，說不定會多施捨一碗粥給你。」

「我……」志達看著不能走路的繼程，又想想自己的身體，只好點頭，但又不放心的說：「可是繼程一個人在這兒，會不會有危險？」

「你別擔心，剛才我已經教訓過那幫人了，他們暫時不敢再來騷擾他。在這長沙城裡，我雖不是丐幫的老大，但也是響噹噹的人物。」

「可是，當乞丐很丟臉……」志達猶豫著說。

「拉下尊嚴去向人乞討，確實不容易。但一回生，二回熟，只要練習個幾次，臉皮厚一點，嘴巴甜一點，把尊嚴先拋在腦後，等你吃到好吃的東西，就知道面子雖然重要，但是肚皮更重要，一切的委屈都是值得的。」粘六繼續說，「回想我第一次開口向人乞討，那個給我東西吃的官夫人還說，你的臉怎麼紅得像蒸熟的螃蟹？害我恨不得找個地洞鑽進去。」

「那現在呢？」志達好奇的問。

「我都已經當了好幾年的乞丐了，現在當然習慣了。」粘六乾脆坐下來，把打狗棒擱在地上，「我這就教你們唱《乞丐歌》，過兩天繼程腳傷好一些，也要一起去乞討。」

「我才不要當乞丐。」繼程不高興的說。

「你還真嬌貴。難道你要一直依賴志達當乞丐來養你嗎？」粘六責備說。

繼程一聽啞口無言。

「聽好了，《乞丐歌》不好唱的。」粘六清清喉嚨，開始用悽愴的語調唱起來：

慷慨的大爺啊，求求您，我已經餓得沒力氣，
請可憐我無靠無依，施捨我一點東西。
佛祖會保佑好心人啊！
保佑您多福多祿多壽，子孫三元及第，
天天發大財賺大錢，大吉大利……

「來，學著唱。」

志達和繼程不停眨眼吞口水，把頭垂得低低的，完全不敢開口，只見粘六豎起眉毛，面露不悅之色。

「你們這兩個小子，別指望我會討東西回來給你們吃。我為了收留你們，跟幫裡的人翻臉，還失去了我最心愛的狗兒，你們卻一副事不關己的樣子。算了！忘恩負義的人我也不是沒看過，想不到今天一次遇到兩個，算我倒楣，你們好自為之吧！」

粘六說完就要離開，志達覺得自己不該辜負粘六的好意，站起來說：「等一下粘大哥，我跟你走。」

「志達，你不要去……」繼程望著志達不捨的說。

「可是，我們現在都受了重傷，不乞討怎麼有東西吃呢？」志達無奈的說。

「嗚……」繼程流下無聲的眼淚。

「好，你跟在我後面，一邊看一邊學。」粘六對志達說，「不過你的衣服太新太乾淨，恐怕無法引人同情，來，看我的。」

粘六伸手把志達的衣服扯破，又在地上抓些爛泥巴，塗抹在他衣服和手腳上。不久志達變得衣衫襤褸，亂髮垢面，加上因為中毒彎腰駝背，如果不出聲，還真像個骯髒的小老翁。

他們一同上街，粘六沿門托缽，彎腰哀求說：「好心的大爺，求求您們施捨一點飯菜給我，我已經三天沒有吃東西了。請您們大發慈悲，老天爺會保佑您們的。」

「走開！走開！」

「滾！」

「不要來囉唆！」

他們連連遭到拒絕，甚至被人驅趕。

「他們一定是看你不夠可憐，才不肯給我東西吃。」粘六抱怨著說，「你也說幾句乞憐的話吧！」

「我……我說不出口。」志達靦腆的說。

「那就等著讓你的朋友餓肚子吧！」粘六不以為然的說。

志達想到了繼程，只好鼓起勇氣，低著頭去敲一戶人家的門。

第十一章 傳說中的赤焰大仙

「誰啊？」大門打開，一個年輕婦人探出頭，「你找誰？」

志達聞到屋裡飄出一陣米飯香，肚子也咕嚕咕嚕叫起來。

「那個……」志達漲紅臉，吞吞吐吐的說，「大嬸……不知道能不能跟你要點東西吃……」

「唉呀，我以為是誰呢，原來是個小乞丐。」年輕婦人毫不同情的說，「走開走開，我忙著做飯，別來煩我。」

第一回乞食卻遭到拒絕，志達心中更覺失望。

「天色不早了，看來今天是沒指望了，明天繼續乞討吧！」粘六走過來說，

「有個地方或許還有東西吃，我帶你過去碰碰運氣。」

「好。」志達難過的點點頭。

粘六帶他在街巷裡繞來繞去，最後停在一個大戶人家的後門。

「這裡是長沙知府的宅邸，他是個大貪官，素日裡錦衣玉食，常有許多餿水。平常大家在街上行乞，如果真的沒討到銀子和食物，都會來這兒拿餿水。」粘六熟悉的說著。

「餿水？」志達的胃中翻攪出一陣噁心。

「我們這麼晚才來，不知道還有沒有呢？」粘六把頭探進一個大木桶裡，然後驚喜的說：「運氣太好了，還有一些。」

「那種東西怎麼能吃？」志達質疑的說。

「怎麼不能吃？沒東西吃的時候，餿水也是寶。丐幫以前就叫做『餿水派』，流傳許多料理餿水的方法，能夠填飽肚子。」粘六理所當然的說著。

志達沒有回話，粘六急忙把陶缽裝滿後，帶志達回去找繼程。

他沿路叫志達撿拾一些枯樹枝，等回到剛才的巷子，就用三顆石頭把陶缽架起來，底下燒樹枝來煮餿水。陶缽裡的餿水加熱後，一股酸臭味從裡面傳出來，志達和繼程面面相覷，不發一語。

不多久陶缽裡冒出滾燙的泡泡，粘六說：「可以吃了。」

志達和繼程都搖頭。

「煮滾後吃了就不會拉肚子，雖然味道不好，但是可以填飽肚子，不至於挨餓。」粘六自己先拿了根小木杓舀一口，吹涼後喝下肚，咧開嘴說：「呵，好吃的粗餅讓給你們吃了，這是我今天的第一餐。」

粘六看他們沒有動靜，便不再多說，直到剩下一半又說：「我飽了，剩下這些給你們。我先說，今天沒有其他東西了，明天也不知道有沒有下一餐，你們如果不吃就準備挨餓吧。」

繼程聽完拿起木杓，舀了一點起來，但一股酸臭味立即竄入鼻腔，他嚇得把木杓放回陶缽裡。志達覺得反胃，也就不嘗試了。

這一夜兩人餓著肚子在粘六的鼾聲中度過，繼程想著家裡美味的湖南菜，不停的吞著口水，心中酸酸的。志達則擔憂著該如何突破眼前的困境？兩個難兄難弟一個中毒一個受傷，軒轅石又不知丟在哪裡，這樣下去怎麼去找臘味合蒸呢？

隔天上午，粘六又帶志達沿路乞食，這一回志達想開了，主動開口唱：「慷慨的大爺啊，求求您，我已經餓得沒力氣……」

唱著唱著，志達被歌詞中悲慘的情境所感染，不禁眼眶泛紅，流下熱淚。可惜兩人沿路乞討了半天，仍然一無所獲。

兩人不知不覺走到一片樹蔭下，頓時感到陰暗寒冷，抬頭一看，發現這棵老松樹極為粗壯，得要十個成年人才能將它環抱起來。樹上老幹生新枝，樹葉勃發，層層疊疊，樹蔭的涵蓋面積非常廣。樹前有一座小廟，幾個乞丐或坐或躺在地上，前來祭拜的信徒絡繹不絕，香火鼎盛。

志達直覺問粘六：「這就是供奉赤焰大仙的那座廟嗎？」

「是的。」粘六讚嘆的說，「日前大仙結束繞境，本來會變得冷清些，沒想到今天人潮還是那麼多，想必是昨日在大街上有許多人跟我一樣，親眼目睹大仙現身降妖，口耳相傳，於是前來祈福。」

「赤焰大仙到底是什麼來歷？」志達好奇詢問。

「那是從北方傳來的故事，聽說有神人騎紅牛駕紅火，來到人間抓走妖魔，救助世人，因此百姓稱呼她『赤焰大仙』，並立塑像膜拜。原以為只是傳說，沒想到昨日赤焰大仙就出現在我面前降服妖魔，我今生有幸親眼見到神仙，實在是無上的光榮。」粘六說完欣喜虔敬的領著志達進小廟徒手參拜。

志達靠近神桌，細看那「赤焰大仙」的神像長髮披肩，髮髻高聳，臉上有著一雙水汪汪的大眼睛和細細的彎月眉，眉宇間有股巾幗不讓鬚眉的英氣。

志達驚訝心想：主上是女的？

這時廟門外跑進來三人，他們神色慌張，其中一人穿著綾羅綢緞，忐忑不安的朝神像下跪懇求，其他兩人穿著普通，但身材高壯魁梧，看似保鏢。

「咦？這不是長沙首富郭冠民員外嗎？」粘六驚奇的說，「他怎麼看起來慌慌張張的？」

粘六帶著志達湊近去聽。

「大仙在上，小民在下。小民收到大仙的鏢書回覆，看見神仙所傳達的旨意。我已在北村設立祭壇，準備好供品，今晚恭迎大仙蒞臨除魔。」郭員外虔誠的說著。

「赤焰大仙會給人下鏢書？這是怎麼回事？」志達好奇問粘六。

粘六沉默不答。

一旁一位乞丐婆看見了，主動對志達說：「你們不知道嗎？這消息已經傳遍了長沙城。聽說赤焰大仙慶典那天夜裡，郭員外在北村的山林田產，出現了妖魔鬼怪，不僅雞鴨不見蹤影，牛羊身上也都是傷。前幾日，郭員外來到廟裡參拜，懇求赤焰大仙前去北村降魔，看來大仙已經答應他了。」

「聽起來這個赤焰大仙有求必應？」志達又問。

「當然。」乞丐婆肯定的說，「半年前南邊湘潭也發生過類似的事，那裡的百姓也是來這兒求大仙除魔，後來大仙果真降世到湘潭，抓走一隻大狼魔。這消息遍傳各地，因此郭員外一出事就趕緊來找大仙。」

「這一次也是狼魔嗎？」志達又問。

「聽說是一隻大虎魔。」乞丐婆說。

志達聽了覺得頗為困惑，如果赤焰大仙是主上，又怎麼會那麼好心幫人降妖除魔呢？而且如果主上是女生的話，繼程家裡的女生有誰是主上呢？不可能是他那瘋瘋癲癲的阿姨吧？難道是公司或餐廳裡的女員工嗎？

粘六不理志達，跑到郭員外腳邊哀求說：「好心的郭大爺，郭菩薩，我已經五天沒吃東西了，賞點銀子吧！大仙看到您的善行義舉，一定會保佑您的。」

郭員外本想一腳踹開他，待聽到後面那句話，又抬頭看看神桌上的神像，便把腳放下，從懷裡掏了點碎銀子送給粘六。

「感謝您的大恩大德。」粘六再三叩拜。

「去去去。」郭員外微笑，又看了神像一眼後才離開。

粘六開心極了，拿著碎銀子，帶著志達來到附近一家豆腐店。

「你來晚了，豆腐已經賣完了。」店主看他可憐又說：「不過我有一籠酸臭掉的，送給你吧。」

「感謝店主的大恩大德，您一定會有好報的，赤焰大仙、觀音菩薩都會保佑您多福多壽，子孫三元及第。」粘六不斷磕頭，感激涕零的說。

店主把那些酸臭的豆腐包好遞給粘六。之後粘六又拿銀子去油鋪裡打了一些油，然後興高采烈的對志達說：「今天的豆腐是山珍海味喔。」

志達不懂什麼意思，一直到回去之後，粘六把酸臭的豆腐用油炸得酥酥的，飄出現代夜市裡經常聞到的氣味，他這才恍然大悟：「原來是炸臭豆腐。」

志達吃了一塊，外酥內嫩，嘴裡生香。

繼程吃了一口，興奮的說：「嗯，好吃。如果能加點蒜蓉、辣椒、醬油、黑醋，那就更可口了。」

粘六挖苦他說：「我的小少爺，有的吃你就偷笑了，還敢奢望調味料。」

志達把今天所見，關於郭員外家的田產有妖魔出沒的事說給繼程聽。繼程感到驚訝好奇，問了許多問題，但一旁的粘六都默不作聲。志達、繼程和他說話，他也都哼哼哈哈的敷衍兩句，只顧著炸豆腐。

怪了，這粘六既然崇拜赤焰大仙降妖除魔，怎麼對於郭家發生的事不聞不問，毫無興趣呢？

這時巷子口出現一個小乞丐，手裡拿著一隻活生生的竹雞，瘸著腿一跛一跛的往他們走來。

繼程一看，驚訝的說：「這不是騙我的那個小乞丐嗎？他不是挨了打，跟其他乞丐一起被趕跑了嗎？」

粘六不理會他，小乞丐卻把竹雞遞給粘六，誠懇的說：「花幫主叫我拿來送給你，他說要見你。」

第十二章 丐幫幫主與四大長老

「小臭頭，你們去跟花幫主告狀了？」粘六不高興的問。

志達和繼程抬頭去看，果然那小男孩有一顆痢痢頭。他急忙撇清說：「不是我告的狀，是大人們告訴幫主的。」

「花幫主找我做什麼？」粘六又問。

「今晚要召開丐幫大會，四大長老也都會過去。」小臭頭說。

「我早已經不過問幫裡的事務了，我不去。」粘六冷冷的回應。

「他叫你把這兩個小哥都帶去，說要好好跟你談談，還說可以考慮讓他們入幫。」

「哦？有意思。」粘六心動了，又問：「送我竹雞是什麼意思？」

「花幫主說請你不要生氣了，也不要打自己人。」

「是你們先動手的！」粘六生氣的說。

小臭頭忽然撲通一聲跪下，哭著說：「粘大哥，求求你去吧！花幫主為了這件事已經責罰過我們了。他說你做事有你的原則，會願意幫忙別人一定有原因，怪我們沒有先問清楚就動手，製造了幫內的糾紛，還打死了你的狗，是我們理虧。求求你，你今天如果不去，我們恐怕又得受罰了。」

「好吧！」粘六露出不耐煩的神情，「你去幫我把竹雞裹上爛泥，再造個土窯，等我把雞烤好、吃飽了就去見他。」

「太好了！」小臭頭歡喜不已，連忙跛著腳到一旁的泥地殺雞。

他殺好了雞，取爛泥裹在雞的身上，然後挖了許多土塊，疊成一個小山似的空心窯，在裡面點火，放進樹枝去燒。

「他在做什麼？」志達好奇的問。

「我叫他造土窯來烤雞，這種作法叫做『叫花子雞』。」粘六回答。

「叫花子雞？為什麼這樣說？」繼程好奇的問。

「乞丐又稱為叫花子，叫花子沒有鍋碗瓢盆，只能用最簡單的土法來烤雞肉。」粘六說。

「那隻雞沒有拔毛呢。」志達不解的說。

「等烤好了你就知道了。」粘六轉頭對小臭頭說，「你可以走了。去給幫主回話吧，剩下的我自己來。」

「好。」小臭頭歡歡喜喜的走了。

這時天色已經昏黃，志達和繼程眼看著有雞肉可吃，心中萬分期待。這土窯的火光熊熊，足以跟夕陽比美。

直到土塊都燒紅了，粘六便把裹了爛泥巴的竹雞丟進窯裡，然後叫他們一起把土塊都擊碎，把竹雞嚴嚴實實的埋在裡面。

「好啦，今天加菜。」粘六高興的說：「臭豆腐加烤竹雞，吃得比過年還要豐盛啊。」

天漸漸黑了，粘六點了營火，三人有一搭沒一搭的聊著天。一個時辰過去了，天色全黑，粘六開始清理土窯堆，把裡面的竹雞挖出來。

只見包裹在竹雞外面的爛泥已經乾掉，就像是一顆硬邦邦的大石頭。

「這怎麼吃啊？」繼程疑惑的說。

粘六不說話，一掌將土塊劈開，瞬間從裂縫噴出香噴噴的雞肉味。他把表層的土塊剝開，像變魔術似的，竹雞身上的羽毛便連著土塊被剝除了，露出鮮嫩多汁的雞肉來。

「哇，太神奇了。」志達讚嘆的說，「原來羽毛都被爛泥給黏住，烤乾之後就封在土塊裡了。」

「沒錯。」粘六說，「來吧，你們兩個受傷了，多吃點。」

粘六把兩隻雞腿分給志達和繼程，自己只吃了些雞胸肉。

志達吃在嘴裡覺得鮮嫩多汁，香甜無比。「我懂了，這隻雞被泥巴封起來，雞肉的鮮味都鎖在裡面，難怪這麼好吃。」

吃完之後，繼程還吮著指頭，恨不得把自己的手指也吃了。

粘六卻蹲下來，對繼程說：「上來，我背你去見花幫主。」

繼程點個頭，便爬到他的背上。

粘六站起來往前邁步，志達彎腰駝背的跟在後面，不久來到城牆下，這時城門已經關閉，他們只好輪流從牆邊的一個狗洞鑽出去。出了城後，他們走過橋朝郊外走去。

長沙城的郊外不比城裡有萬家燈火，到處漆黑一片，還好粘六熟門熟路的帶領著，他們慢慢的穿過一個密林，遠處漸漸浮現營火的光芒。

再往前走一會兒，終於來到營火處，卻發現那兒或坐或臥的圍繞著幾百個人。繼程看見小臭頭，還有那天來找麻煩的那群乞丐也都在人群中。

「師兄，你來了。」一個三十出頭的年輕人上前招呼。

「花幫主，你把自己搞得人模人樣的，誰會可憐你，施捨東西給你吃呢？」

粘六語帶責備的說。

花幫主面容潔淨，頭髮梳理得很整齊，還紮了一個高高的髮髻。他生著高鼻子、尖下巴、大眼睛，一對彎彎的眉毛和紅潤的嘴脣，手上拿著一支權杖一般的玉打狗棒，分明是一位玉樹臨風的美男子，誰想得到這人竟然是丐幫的幫主？志達和繼程都感到十分驚訝。

「師兄，你也知道扮醜、裝殘疾是我的拿手功夫，我平日忍著作賤自己，但是召開幫員大會時，總得要打扮整齊乾淨的來見大家才有誠意呀！」

「我不管你什麼誠意不誠意的，那只是你愛漂亮的藉口。」粘六把繼程放下來，自己坐到一顆大石頭上，語帶嘲諷的說，「有什麼緊急的事快點說，我要回去睡覺了。」

「師兄別生氣，有話好好說。」花幫主好聲好氣的說，「我已經教訓了那幾個傢伙，他們打死了你的狗，應該向你賠罪。」

花幫主說完後對那些乞丐們使個眼色，那群找粘六麻煩的人全都靠過來下跪。「請粘大哥原諒我們。」

「聽說你要讓他們兩個入幫，是真的嗎？」粘六面對那些人不屑一顧，只冷冷的問花幫主。

「當然，身為幫主怎麼可以輕言寡信？」花幫主爽快的說，「長沙城這麼大，每天南來北往的旅客有數千人，多半是有錢的商人，不差這兩位小兄弟來分食大爺們的施捨。但是這兩雙碗筷名不正言不順的，總是會讓幫員不服，他們如果能加入我丐幫，自然不會再有人說閒話了，更何況他們還是我義母的恩人呢！」

「哦？」這下不止粘六驚訝，志達和繼程也感到莫名其妙。

花幫主來到志達和繼程面前，感激的說：「我義母住在北城門外務農，昨夜我去給她請安，她說先前被一個官兵欺負，後來多虧兩位少年把官兵打跑。我派人去打聽，想不到當時見義勇為的小俠就是兩位小兄弟，先前多有得罪之處，還請你們不要見怪。」

花幫主說完，怒目指著小臭頭和他身邊那些受傷的乞丐。「罰你們跪著，若師兄不點頭就不准起來！」

「求花幫主和粘大哥饒恕，我們再也不敢了。」那些乞丐個個叩頭求饒。

「啊，原來那位老農婦是你的義母。」志達驚喜的說，「她人呢？她也在這兒嗎？」

「我義母是純樸的農婦，不是丐幫的人，所以沒來這兒。」花幫主解釋說。

「太好了，既然這樣就更簡單了，快讓他們兩個入幫吧！」粘六說。

「入幫必須要先會唱《乞丐歌》，這是幫規。」一個長老開口說。

「我會唱。」志達笑著說，「粘大哥教過我。」

繼程尷尬的望著志達。志達知道繼程的意思，在他身邊耳語：「沒關係，我唱的時候，你跟著我一起哼兩句。」

繼程點頭。

接著志達便把《乞丐歌》唱了一遍，唱得淒婉動人，令人為之鼻酸。繼程跟著哼唱，也含糊的把歌唱完。

眾人沒意見，倒是粘六說：「繼程你這樣不合格，給你寬限三天，三天內學會才能得到幫員的資格。你總不能老是依賴志達吧！」

「嗯。」繼程用力點點頭。

「到時候我會派人來告訴大家的。」粘六對大家說，眾人都點頭說好。

「接著，得讓幫主和長老們用打狗棒，在你們身上打三下。」花幫主說。

「什麼？」繼程一聽，不高興的說，「我外公對我再怎麼嚴格，也從沒打過我。」

「那只是做個樣子罷了。我先來！」粘六說完，用手上的打狗棒輕輕打了繼程，又打了志達，旁人默不作聲，點頭微笑。

志達將整個過程看在眼裡，令他驚訝的是，不是應該長幼有序，從幫主先動手嗎？粘六只是一個普通的乞丐，為什麼大家容許他放肆呢？

志達沒有發問，花幫主和其他長老也接著拿打狗棒打了兩人，很快的完成了這一項儀式。

「好了，最後授予你們丐幫的打狗棒，」花幫主把兩支棍棒交給他們，並當眾宣布，「大家聽好了，志達和繼程正式成為我丐幫的幫員，從此大家都是兄弟姐妹，要互相扶持，不要爭鬥。」

「恭喜恭喜啊！」眾人圍過來祝賀，還跟他們握手。

繼程低頭一看，那打狗棒的一端刻有「丐」字，跟粘六的一樣。

小臭頭輩分最小，排在最後一位。志達和他握手時，感到手掌中有異物。他拿開小臭頭的手，看見一個熟悉的東西，驚喜的說：「啊！軒轅石。」

「噓！」小臭頭急忙回頭看花幫主，「別讓幫主知道我拿了你的東西，否則我又得挨罰。」

繼程也看到了，靠過來問：「石頭怎麼會在你那兒？」

「我那時看你跑回去大街，就偷偷跟著你，看到那個要我引開你注意的男人拿了志達的東西，後來那人變成妖怪，又被粘大哥打得很慘，那東西不小心掉出來。我想一定是什麼寶貝，就偷偷撿起來，誰知道只是顆石頭。不過我想既然有人想偷，一定不是普通的石頭，所以就留著沒丟，現在還給你。」小臭頭坦承的說，然後一溜煙躲進陰暗處。

「太好了，太好了……」志達和繼程四手交握，激動得想哭，卻又咧開嘴開心的笑著。

「你們本不想當乞丐的，現在入了丐幫卻又這麼開心。」粘六不明所以，看他們歡欣的模樣，笑著說，「也好，趁早適應總是好的。」

「為什麼長沙城裡有這麼多乞丐呢？」志達收起軒轅石，忍不住好奇的問。

「如果可以安居樂業，誰會想當乞丐？不外是因為天災人禍使得百姓流離失所，最後變成難民、乞丐。」花幫主用控訴的語氣侃侃而談，「這幾年來並沒有什麼嚴重的天災，但是乞丐不減反增，全是因為人禍所造成的啊！」

「人禍？」志達和繼程都發出驚嘆。

「十多年前大宦官劉瑾獨攬大權，錦衣衛、東廠等『廠衛』都在他的掌控之下。」粘六主動回答，憤恨的說，「他底下的爪牙有數千人，對官員和百姓進行嚴密監控，誅殺異己，導致政局混亂。他向官員收取賄賂，如有不從的就會入罪被關，甚至導致殺身之禍。官員為了滿足他，只得橫征暴斂，搞得民不聊生，許多人一夕之間失去所有的財產，最後淪為了乞丐。」

「師兄，我知道你有滿腹的冤屈，但如今劉瑾因謀反罪名被處死已經有八年，百姓的日子卻過得更苦了。所以不單是劉瑾的問題，是我大明王朝正德皇帝暴虐無道啊！」花幫主感嘆的說。

「大明王朝正德皇帝？」粘六語帶嘲諷的說，「你以為是在戲臺上唱戲文嗎？」

「師兄你就別取笑我了。」花幫主誠懇的說，「說正經的，我聽說志達和繼程一個中毒一個受傷，為了回報他們搭救我義母的恩情，我想把他們醫治好。」

「志達中的是奇毒，繼程的腳傷到了骨頭，你有辦法治嗎？」粘六提出疑問。

「放心，這兒有四大長老，還有我和你，正好可施展我丐幫的『六合陽氣大功』，對於調理身體疾病傷痛具有奇效。」花幫主說。

「難得你今天大發慈悲。」粘六口氣酸溜溜的說。

「師兄，是你對我多有誤會，我們兄弟該找時間聚聚，我再好好跟你解釋。」花幫主的語氣委屈。

「別囉唆，救人要緊。」粘六不領情，直率的說。

「太好了！我們運氣真不錯。」志達喜出望外。

「是你好心有好報，我托了你的福。」繼程微笑著說。

第十三章 追查赤焰大仙

「先從志達來。」粘六一聲令下，花幫主便揮手叫四大長老靠過來。花幫主兩手往志達腰際夾住一撐，接著就被高高扛上了他的雙肩，兩腳垂在他胸前，花幫主將雙掌握緊志達的兩個腳底。

「志達，雙臂張開，朝兩邊平舉。」花幫主大聲說。

「好。」志達聽話照做。立刻有兩個長老一左一右的與志達對掌，緊接著另兩位長老一前一後，將手掌貼在志達的前胸和後背。

「要開始了。」花幫主喝令，和四大長老一起發功。粘六突然飛跳到空中，再倒立著從天而降，伸出左掌壓在志達頭頂的百會穴上。

粘六的體重壓在志達頭上，志達卻不覺得有重量，想必他一邊運氣，一邊施展著輕功。接著換粘六下令：「運氣！」

剎那間六道熱氣從前、後、左、右、上、下，竄進志達的身體裡面，彷彿潛入熱呼呼的溫泉，熱氣在身體裡橫衝直撞，尤其下腹部以及兩側的後腰更是明顯，只覺得體內的痠、痛、脹、麻正一點一點的消失。

來自上下、前後、左右的內力，深入志達的身體探尋五臟六腑和經脈，發現脊椎旁的筋骨錯位導致駝背，駝背又使得脊椎的軟組織壓迫到神經，害那痠痛脹麻的感覺一路延伸到腳趾頭，而根源就是背部的經脈有毒氣匯聚糾結。

一找出原因，六人很有默契的把內力全集中到那兒，慢慢的像解開繩結般的，把那糾結的毒氣梳理開來，一一強壓到血液裡，並運到肺臟，從口鼻呼出。

「嗝！嗝！嗝……」志達連連打嗝，背上卻傳出劈里啪啦的聲響，繼程一旁都看呆了。

粘六、花幫主和四大長老的臉上都冒著汗珠，大約過了半個時辰，花幫主鬆手說：「差不多了，志達你試著運氣。」四大長老一聽，紛紛退開到旁邊候著，粘六也下來。

志達落地後調整氣息，幾次後疑惑的看看四周，「你們……怎麼好像都變矮了？」

「不，是你的背不駝了。」繼程驚訝的說。

「什麼？」志達伸手到背後去摸，又聳聳肩膀，彎彎腰骨，然後張大嘴巴和眼睛，喜出望外的說：「怎麼可能？我不是在做夢吧？」

「再來是繼程。」花幫主同樣把繼程扛起來，其他五人重複剛才的動作，但這一回只花了五分鐘便完成。

接受運氣的繼程，右腿明顯消腫，腳掌也不痛了，走在地上彷彿未曾受傷過那般。

「謝謝大家。」志達和繼程一同道謝。

「從此互不相欠，走了！」粘六說完就要帶志達和繼程離開。

「師兄請留步，我們還得召開丐幫大會。」花幫主說。

「不干我的事。」粘六冷漠的說。

「師兄可得為兩個小兄弟著想。」花幫主鄭重的說，「有官員要被革職了，連帶著我們丐幫幫員也要遭殃。」

「哦？什麼事？」粘六好奇的問。

「當朝這回鎖定了長沙知府張路遙，他雖然也賄賂長官，但是給的錢太少。恰好他跟朋友書信往返唱和詩文，寫到杜甫的詩句：『安得廣廈千萬間，大庇天下寒士俱歡顏』，此書信傳到長官那兒，便趁此機會檢舉他有造反之心，密告給皇帝知道，現在皇帝下令錦衣衛整肅他。」花幫主仔細說明。

「我看不出這兩句詩文跟造反有什麼關係？」志達搖頭發問。

「『寒士』意指我丐幫人士，告密的人說，知府要暗中召集天下的乞丐造反。我丐幫是天下第一大幫，幫員最多，令朝廷當局十分忌憚，準備出動大批官兵前來掃除長沙城的乞丐。」花幫主無奈的說，「欲加之罪，何患無詞？可憐我丐幫遭受池魚之殃！」

「他們什麼時候會行動？」粘六問。

「根據順天府的長老飛鴿傳書傳來消息，他們五日之後就要動手。到時，錦衣衛會先把張路遙抓起來，然後搜索整個長沙城，只要是乞丐模樣的，一律充軍，或者販賣為奴。」花幫主說，「今天的幫員大會就是要商討逃難的計畫，看看大家有沒有什麼構想，要逃往哪裡才好？」

「我覺得逃到附近的城鎮避難就行了，反正他們只針對張路遙和長沙的乞丐。」一個長老說。

「對，對……」不少人附和他。

「不，我認為還是逃到山林裡躲一陣子，免得錦衣衛轉移陣地來抓我們。咱們採野果、捕溪魚、打獵物，都能餬口。」另一個長老說。

「好，好……」許多人贊同的說。

「你們每天只會求別人施捨，吃別人的剩菜剩飯，懶散慣了，有能力採果、捕魚、打獵嗎？」粘六奚落的說。

大家聽了都張口結舌，慚愧得說不出話。

「還有沒有其他的意見？」花幫主看向眾人，但沒有人再發表意見，他轉而問粘六：「師兄，你的建議呢？」

「我不逃，我要繼續待在長沙城。」粘六堅定的說。

「什麼？這多危險。」花幫主擔心的說，「不論充軍或是被賣為奴，下場都會像畜生一般，被官兵玩弄於股掌之間，你願意這樣嗎？」

「我不會被抓走的。」粘六很有信心的說。

「好吧，我們來數人頭。」花幫主似乎想明快的做出結論，「想逃的舉手？」

除了粘六、志達和繼程之外，全部的人都舉手了。

「想躲到山林裡的人舉手。」花幫主又說。

只有剛才提議的長老一人舉手。

「最後，想躲在附近城鎮的人舉手。」花幫主說。

大部分的人都舉手了。

「好，事情已經很明朗了。正好我們有四大長老，就請長老分別帶領你的部下，從東西南北四個城門撤離。我現在就來做籤給大家抽。」花幫主說完，便折了四支不同長短的草莖握在手中。「按照長短和東、西、南、北的順序，最長的由東門出，最短的由北門出。」

四大長老抽完籤，確認大家逃亡的方向之後，便大功告成。

「沒事了，我帶他們回去了。」粘六對花幫主說。

「師兄，等一下。」花幫主叫住他們，然後叫人拿來一個布袋，「這些豆沙大餅你拿回去吃。」

「我不稀罕你的東西。」粘六拒絕。

「你不稀罕，但總不能讓這兩個孩子跟著你受苦吧。」花幫主勸著說。

粘六想了一下，便收下了。

他們三人繼而回到城裡的巷子內，途經古松小廟。

「這就是人們口中的赤焰大仙，可是我覺得他的真實身分很可能就是主上。」志達小聲對繼程說。

「啊！你是說害陳幫主中毒的主上？」繼程驚訝的說。

「有可能。但我不相信主上這麼好心，會返回明朝除魔救世、行俠仗義，我猜這其中可能有什麼祕密。聽說北村郭員外的田產出現妖怪，赤焰大仙今晚將會去降妖除魔，我很好奇，想去調查清楚。」志達認真的說。

「我跟你一起去。」繼程說。

「好。」志達轉頭問粘六，「粘大哥，你知道北村郭員外家怎麼去嗎？」

「我勸你們別去瞎攪和。」粘六一副意興闌珊的模樣。

「我一定要去一探究竟。說不定可以一舉揭發主上的真面目。」志達堅定的說。

「隨便你們，你們現在恢復健康了，腳長在你們身上，我也管不了。」粘六有點嘔氣，「力氣那麼多的話，順便向郭員外討點銀子來花花吧！」

於是志達和繼程離開粘六，一路往北城門而去，沿路向人打聽到了北村的位置。原來只要望著夜空中的北極星直行，去到一個大水池便是了。

兩人來到北城門，城門緊閉，志達先打了一套全脈神功，確認身上內力充足，便背起繼程施展輕功跳出城門，然後快速的往北村奔馳。

繼程趴在志達背上，狂風颯颯從耳邊吹過，彷彿騎在機車上一樣，令他大呼過癮。不到半個時辰，兩人來到大水池邊，看見水池已然結冰，對岸有火光閃爍。他們繞過水池，躲在大石頭後面窺看。

只見林中空地上插了有十多支火把，圍成一個大圓圈，圓圈的中心擺了一張神桌，桌上有香爐和一對紅燭火，中央放著一大堆的米糧、瓜果、臘肉。郭員外正指揮著五、六個僕人，把宰殺好的大豬公擺在草地上，一旁還布置著全雞和全鴨。「快點快點！這些是要引誘虎魔前來的餌，快點擺好，大仙指示的子時就快到了。」

等一切就緒之後，郭員外燃起三炷香，對空中敬拜說：「小的郭冠民已經按照大仙的指示設立好神壇，恭迎大仙降世除魔。」然後跪地三拜，把香插進香爐中。

「大仙交代了，神壇設好之後就要離開，到水池對面躲起來，以免被虎魔所傷。」郭員外說完後，僕人們提著燈籠，帶著他退到水池的對岸去。

「看起來那個大仙是故意把人支開。」志達小聲的說出猜想。

「真的會有大虎魔出現嗎？」繼程擔心的說。

「就算真的有大虎魔你也別怕，有我保護你。」志達義氣的說。

忽然空中傳來樹枝折斷的聲音，兩人停止交談，專心放眼搜尋聲音的來源。

一陣風起，一個人影拿著一把劍飛入林中。霎時間，十幾支火把全都熄滅了，眼前頓時一暗，志達和繼程心中大驚。

第十四章 粘六的真實身分

那詭祕的人影在林中繞了三圈，最後落在神壇前。

「紅紅火，黑黑夜，東西南北中營天，五營天將領天兵，兵將一同抓妖精。妖精妖精快來此，全豬全雞全鴨請你吃……」那個人影唸起咒語搖起鈴鐺，似乎在引誘虎魔前來，那聲音聽起來格外清脆響亮，是屬於女人那種甜美的音色。

「大仙降臨了。」志達和繼程雖看不清眼前視線，但隱約可以分辨出黑影的動作，他們謹慎小心的等候著。

一會兒之後，林子後面又竄出幾個詭異的黑影。仔細一瞧，那幾個黑影的動作不像是動物，更像是人，而且一共有三個。他們不知拿什麼東西在地上潑灑，風一吹來，志達馬上聞到油的氣味。

「吼……吼……」不久另一團黑影出現，持劍的人影跟他打鬥起來。

「大虎魔來了！」繼程驚恐的細聲說。

「可惡的大虎魔，看我赤焰大仙桃花劍的厲害。」那個人影大聲喊叫。

「吼……啊……」只聽得虎魔慘叫一聲，接下來全場靜默。

霎時間，地上竄出一圈大火，火光沖天，讓人睜不開眼睛。等過了幾秒鐘，視野變得清楚，大仙和虎魔卻都不見了。

天空傳來剛才大仙的聲音：「郭員外平日苛刻下人，常有下人不堪受虐逃跑或自殺，此番虎魔前來騷擾是老天有眼，降下惡業的報應。我今為你除魔，望你從今往後善待下人，不再虐待奴僕，廣為布施窮人，否則不必老天降魔，我自然會取你性命。」

郭員外嚇得連連跪地磕頭，在水池對岸高聲呼喊：「大仙饒命，小的不敢了。大仙饒命，小的不敢了……」

半空中還響起一首婉轉美妙的歌曲：「世間妖魔少，人心貪念多，赤焰來點破，貪念即妖魔。」

繼程望著空中，驚喜又激動的說：「真的有赤焰大仙哪！」

眼尖的志達卻發現桌上所有的供品都不見蹤影，草地上的全豬、全鴨也不見了，但全雞仍在。

突然虎魔衝回火圈，快速的拿走全雞，還伴著笑聲：「嘻！差點忘了。」

志達察覺有異，急忙輕功一跳跟上虎魔追到神壇後面去，他一把抓住虎魔的肩頭，虎魔回頭看他。

唉呀！不會吧，居然是有人穿著黃色底、黑條紋的彩衣，就像穿著戲服那樣假扮成虎魔。

「放開他，別管閒事。」一位女子上前推了志達一把。

「你是赤焰大仙？」志達放掉虎魔，與那女子交手。那女子不甘示弱，揮舞木劍跟他打鬥起來，旁邊不知哪裡來的三個人竟然也上前助陣，變成五個打一個，包括那隻假虎魔。

火光熊熊映照著他們的臉，志達隱約感覺這些人怎麼似曾相識？

他努力使出全身的內力，打出全脈神功第一式，打在假虎魔和三個男人的腹部，他們立刻蹲在地上哀號。接著，又使出第二式制伏了那位女子，女子痛叫一聲，就變成男人的聲音……

「你……」火光照耀中，志達看著女子濃妝豔抹的臉，卻感到疑惑。

這時繼程已經跑過來，看出其他人的身分，一見那女子發出男人的聲音，不禁恍然大悟，叫道：「花幫主！」

「志達，萬萬沒想到你小小年紀，有這麼高強的功夫。」花幫主恢復原來低沉的聲音。

「你們為什麼在這裡裝神弄鬼？」志達這時也認出其他四位都是丐幫長老，不解的問。

「你剛才也聽到了，那郭員外平日對奴僕非常殘虐，令人不齒。」花幫主說，「我趁機教訓他一番，也算幫他的奴僕討回公道。」

「難道傳言中，在黑夜偷抓雞鴨，殺牛羊，引發恐懼的虎魔，也是你們所假扮的？」志達推測的說。

「是的。」花幫主說。

「可是聽說那些屍體上，都有猛獸撕咬的痕跡啊。」繼程疑問。

「只要用鐵耙子耙過，便有那樣的效果。」一位長老說。

「想要教訓郭員外，何必如此大費周章呢？」志達不高興的說，「你這麼做跟強盜小偷有什麼不一樣？」

「我沒有偷盜他的錢財，只不過利用眾人相信赤焰大仙的神蹟趁機教訓他。」花幫主說。

「實際上是騙取他的財物，我說的沒錯吧！」繼程指著兩輛馬車上的全豬、全雞、全鴨和米糧、瓜果、臘肉。「那跟竊盜有什麼兩樣？」

「這……」花幫主慚愧的低下頭，接著輕聲說，「這些財物不是我們五人獨占，而是要分給丐幫中人的，你們現在也是我丐幫的子弟，包括你、繼程和粘六都有份，你趕快放了我。」

「不，你先告訴我，赤焰大仙究竟是真有其人嗎？」志達困惑的說。

「還有，你為什麼要裝扮成女生呢？」繼程也問。

「唉！這事說來話長。」花幫主娓娓道來，「我本是河南鄭州人，以唱戲維生。由於容貌俊俏又會唱花腔，因此在戲班裡經常演出女旦的角色。赤焰大仙是我的救命恩人，我曾親眼見過她，因此才想假扮她的模樣。」

「你親眼見過她？在哪裡？什麼時候？」志達加緊追問。

「大約八年前，那時我們村子出現妖魔作怪，傳說妖魔在白天化成人形混在人群中，晚上潛入民家吸食人血，大家都說那是傳說中噬血魔之一的豹魔，害得村子內人心惶惶。半年後，豹魔半夜闖進我家，我保護妻兒逃難，他追上來咬住我的衣袖。就在那千鈞一髮之際，出現一個女人的聲音：『螳螂捕蟬黃雀在後，今天終於追到你了。』我回頭看見一個婦人，用凌厲無比的掌力收服了豹魔，隨即紅火燃起，空中出現牛鳴聲，她乘著火焰和紅牛把豹魔抓走，憑空在火光中消失。此事傳出去後，人們紛紛塑像膜拜，稱她『赤焰大仙』。」

「赤焰大仙相貌如何？幾歲人？有什麼特徵嗎？」志達又問。

「我當時非常驚慌，沒仔細留意她的容貌，只記得大約是個中年婦人。不過我記得她一腳踩在豹魔身上，手拿石頭和鐵片相互敲擊。」花幫主說著擺出了一個嬌美的動作，「不久我的妻兒都死了，我淪落為乞丐，四處流浪到了長沙城，被丐幫前幫主蔣雲天收留接濟才得以生存。蔣幫主功夫高強，教我武功，因而與粘六結為師兄弟。」

「粘六也曾被蔣幫主收留過？」繼程問。

「他早我一年入幫，雖然師兄只有一條手臂，但是由於功夫底子深，練起打狗棒反而自成一格，無人能敵，因此很得蔣幫主的喜愛。」

「我當年就是不想參與這種騙術，才辭了丐幫幫主之位。」粘六的聲音忽然出現在他們身後。

大家驚訝的回頭一看，又見粘六說：「我覺得淪落為乞丐已經很沒有尊嚴，又去詐騙別人更為羞恥。」

「師兄，話不能這樣說，現在是亂世，不能用常理來論事。」花幫主辯解，「我這麼做也是不得已的。」

「怎麼說呢？」志達又問。

「蔣幫主死前將幫主之位傳給師兄，但世道不好，幫員們只能靠別人施捨度日，常常挨餓。我建議假扮赤焰大仙降妖除魔，騙取貪官汙吏的財物，卻遭到師兄拒絕。後來有幫員陸續餓死，我看不下去，因此聯合四大長老逼師兄交出幫主一職和玉打狗棒，最後師兄憤而離開，出去獨立過活。」

「粘大哥，原來你都知道他們在裝神弄鬼。」繼程怪罪粘六。

「難怪怎麼問你都不說話。」志達終於了解粘六沉默的原因了。

「這終究不是正經的勾當呀！」粘六說，「尤其前天我親眼見到赤焰大仙降世，更覺得你們假借大仙的名義招搖撞騙，真是對大仙大大不敬。」

「其實，據我所知，那女人並非來降妖伏魔，而是故意來抓走豹魔，好回去當作奴隸使喚的，沒想到竟然被百姓誤認作神仙。」志達解釋，「不過，花幫主，以這種方式得到財物畢竟不正當，希望你們從此以後收手吧。」

「眼看朝廷就要來掃蕩我丐幫了，有沒有『以後』都還不知道呢？」一位長老笑著勸解，「大家散了吧。」

眾人沒有二話，在火勢將熄前散去。志達、繼程跟著粘六回到城內。

「明天官兵就要來了，你們逃吧！」粘六苦笑說。

「粘大哥你呢？」志達好奇的問。

「我這一生逃難多次，已經厭煩了那種感覺，不想再逃了。」粘六又自嘲說：「我們並沒有錯，卻無辜受害，我要留下來證明自己是清白的。」

「可是朝廷派來的人不會這樣想啊！」繼程說。

「你說逃難許多次，那是什麼意思？」志達好奇的問。

「其實我不叫粘六，我本名叫做劉七，因為被官兵追殺才逃來這兒，改名換姓。」粘六說。

兩人一聽到「劉七」，驚喜萬狀。

「你是劉七？」繼程問。

「我和我哥劉六原本在霸州的酒樓當廚子，是民灶派的『灶人』。我們兄弟擅於騎射，後來被官府看上，延攬我們去協助捕捉『響馬盜』。正德四年，劉瑾作威作福，四處收賄。他的家人梁洪也向我兄弟二人索賄，遭到我哥拒絕。梁洪懷恨在心，誣告我們是畿南大盜，我和哥哥被迫逃亡，官府便張貼畫像追緝我們，我們走投無路，最後不得已只得投靠響馬盜首領張茂。」

「怎麼會這樣？你們本來是官兵，去抓強盜，後來自己竟然變成了強盜？」繼程大呼不可思議。

「呵！你不知道官兵有時比強盜還要可惡嗎？」粘六搖頭，傷心的繼續說，「我們起義抗暴，許多貧苦農民紛紛響應，義軍迅速發展到上萬人民兵，攻占了不少城池，朝廷因此派大軍來鎮壓我們。後來起義失敗，我哥在江邊投水自盡，我右臂中箭後也掉落江中，大家都以為我死了，但其實我被人救起。救我的人懂得醫術，見我右臂的傷勢不輕，及時將它切除才救了我一條性命。我身體恢復後輾轉逃亡到湖南，由於想念著我的哥哥劉六，因此改名為粘六。」

「你怎麼不繼續招兵買馬，號召大家打倒劉瑾，又加入了丐幫？」志達問。

「我哀莫於大於心死。加入丐幫一是為了生存，二是為了掩人耳目。」粘六回顧說：「後來我得到蔣幫主的賞識當上了幫主，重新燃起了消滅劉瑾這股惡勢力的鬥志。我心想，天下乞丐何其多，只要好好的領導丐幫，教導幫員們功夫，便可以一舉推翻暴政。」

「這樣很好啊！」志達誇讚的說。

「誰知那劉瑾已經因為被人密告造反，被皇帝處死了。我失去了奮鬥的目標，便跟著大家得過且過。」粘六感嘆說。

「我們現在身體都康復了，不要當乞丐，明天開始改找別的工作做吧！」繼程提議。

「誰會僱用我們？」粘六說，「長沙城內都知道我是乞丐。」

「一起做個小生意也好啊。」志達說。

「那也得有銀子。唉！算了。」粘六似乎在迴避這話題。

「你口口聲聲說不齒其他人詐騙，但是你假裝喊餓，還說自己天生殘疾沒有工作能力，博取別人同情，不也是詐騙嗎？」志達的語氣帶著責備。

「住口！」粘六惱羞成怒，大吼一聲便跑到對街去，不再理志達和繼程。

志達和繼程彼此對看無言，只能就地睡下。兩人的身體恢復了健康，這一夜睡得很安穩，不料隔天一早卻被吵鬧聲吵醒。

「救命啊！救命啊！錦衣衛來抓人啦！」

第十五章 英雄東山再起

三人瞬間清醒，跑出巷子口查看，發現幾個人穿著藍色制服和高帽，揮舞長刀，騎著馬在城裡奔馳，還有一些官兵手拿繩子在巡邏，看到乞丐就綑綁起來。

「看來是乞丐要逃出長沙城的消息洩漏了，朝廷讓人提早動手了。」粘六驚訝的說。

「我們快去幫忙。」志達經過一夜的休息，感覺體力已經全部恢復。

他施展輕功跳到空中，用全脈神功打下兩個騎馬的錦衣衛。

粘六也跳上前，打敗幾個官兵，繼程急忙過去幫受困的乞丐們解開繩索。

為首的錦衣衛騎上馬後，下令說：「不要戀戰，後面增援的大批人馬很快就要到了，諒這些乞丐一個都跑不掉。」那些官兵聽了便跟著出了城。

之後粘六問了這些乞丐，才知錦衣衛一早已經抓走了張路遙，並且立刻派任新知府進駐長沙城。那些錦衣衛和官兵是殿後的一班人，剛才離去後，必定會增兵前來復仇。

「這些官兵實在太過分，太殘暴了。」粘六咒罵起來。

粘六說完便要乞丐們前去通知花幫主和其他人，即刻出城避難。乞丐們聽了之後馬上散開走告，沒多久，長沙城的乞丐都逃光了，只剩他們三人。

「我們也該去躲起來了。」粘六帶著兩人尋覓合適地點，最後來到古松樹下，「這棵古樹高聳參天，躲在上面不失為一個好的藏身之處。」

這棵古松有數千年樹齡，高五十多公尺，得要十個成年人才能環抱起來，光是從地面到樹上的分幹處就有五公尺高，即便輕功再好，想要躍上去也不是容易的事。

「哇，這麼高，我爬不上去。」繼程不知如何是好。

「你踩著我的肩膀爬上去吧。」粘六對繼程說。

「不，我背你上去就好。」志達說。繼程點頭，跳上志達後背，志達用力一躍便跳上了十公尺高的大樹枝上。

粘六驚訝之餘也往上跳，恰恰跳到分幹處。他們繼續往上爬，來到頂端居高臨下，不一會兒，看到大批的兵馬朝長沙城而來，他們急忙躲到樹葉濃密之處，隱身起來。

果然錦衣衛增兵回轉，上萬人馬進城，卻搜尋不到乞丐，很快便號令退兵。他們爬到樹梢去看，卻發現大軍分成四路轉往城外搜索，粘六暗叫一聲：「不妙！」

「這下怎麼辦？」繼程擔憂的說。

「我們去幫助他們。」志達激動的說。

「不！」粘六反而鎮靜下來，「來不及了，那錦衣衛的部隊雖然分成四路，每一路也有兩千多人，他們功夫高強又有鋒利的武器，我們現在過去只是自投羅網。」

「你不擔心花幫主的安危嗎？」繼程問。

「你放心，他和四大長老的武功都很高強，不會有事的。」粘六說。

「丐幫號稱天下第一幫，幫員人數最多，事到如今，粘大哥你怎麼不號召丐幫成員組成義軍對抗錦衣衛呢？」志達問。

「丐幫之人是無法成為義軍的，雖然有許多人是迫於生活無奈而當乞丐，但也有不少人是因為好吃懶做、利用別人的同情心，又怎麼會替天下百姓著想呢？」粘六憤恨的搖頭說，「我太了解這些乞丐了，靠他們還不如靠我自己。」

「你的意思是？」志達好奇的問。

粘六卻沒有再答話。

由於擔心錦衣衛再回到長沙城，他們在樹上繼續躲著，肚子餓時就吃些粗餅充飢，只有在晚上才下來活動。

這一晚他們來到知府的宅邸，準備找尋一些餿水，經過屋外時，聽到裡面有人在對話。

「周總管，我們初來乍到，需要多養幾個家丁保護家產。」

「知府大人，如此一來，食指浩繁，得要多個廚子才行。」

「家丁好找，但好廚子難尋啊！這事就交代給你了。」

「遵命，我明天就去跟這兒的仕紳們打聽，找個好廚子進府。」

粘六聽了，心中有了盤算。他對志達和繼程說：「那一夜我負氣跑去對街，其實夜裡輾轉難眠。我思考著志達說的話，其實我也知道自己不該自暴自棄，騙取別人的同情心來生活，但遲遲沒有做出改變，經過這件事之後我想通了，我想趁此機會脫離乞丐生活。與其當乞丐一無所有，落得人為刀俎，我為魚肉的下場，不如暗中培養根基，來日再招兵買馬，推翻這個殘暴的皇帝。」

「你不再當乞丐真是太好了，只是要做什麼工作呢？」志達問。

粘六笑著指了指高牆內的人家，說：「藏身在這官府人家是很好的掩護，每天可以探聽到不少朝廷的消息。」

「去當家丁嗎？」繼程問。

「不，我要當廚子。」粘六微笑著說，「別忘了我以前是酒樓裡的大廚，看我的。」

粘六帶著他們繞到後門去，由於滿城乞丐都離開了，各個大戶人家餿水桶裡存著不少剩菜剩飯。時值臘月，家家醃製臘肉準備過年，桶子裡不乏許多吃剩的臘肉、臘鴨、臘雞、臘羊、臘魚。

「這些臘味食物本身有特殊的香氣，混在一起來蒸，應該別有一番滋味。」粘六說，「繼程，你的衣服是完整的，跟我換吧。如果一切順利，你們先回到古松上躲藏，每天晚上再來官邸後門，我拿東西給你們吃。」

繼程二話不說脫下衣服跟粘六交換。

粘六故意在新知府家的窗外，把蒐集來的各種臘味食物都放在自己的小缽裡蒸煮。一會兒後粘六打開缽蓋，一時香味撲鼻，三人各自掐了一塊臘肉品嚐起來。

「哇！這臘香好濃郁，而且混合了各種肉的甜汁，真好吃。」這時志達腦中堂堂皇皇的閃現出四個大字「振作之美」，他不覺揚起嘴角。

「你們先躲到陰暗處去。」粘六催促他們離開，並且用左掌施展內力，打在菜餚飄散的熱氣上，讓香味飄進屋子裡。

「那是什麼味道？怎麼那麼香？周總管，去看看。」屋裡傳出聲音。

志達和繼程聽到聲音，連忙躲進一旁的草叢裡，接著官邸的後門打開，走出一個男人，他循著香味走到粘六身邊，問說：「你在這兒做什麼？」

「我肚子餓了，蒸些臘味來吃。」粘六回答。

「你不在你家蒸煮，怎在這路邊呢？」

「大哥，我原本是一間酒樓的大廚，由於老闆遭人陷害，財產被人併吞，我失業無處可去，才孤身流浪到長沙。」

「喔！你是大廚，我們府裡正想找新廚子，你這盤菜先不要吃，給我家大人嚐嚐，我拿其他東西給你吃，好嗎？」

「當然好，再麻煩大哥引薦！」

「你把陶缽端著，隨我進門。」

「是。」

粘六跟著那個男人進屋去，後門便關上了。

不久就從屋裡傳來新知府的驚呼讚嘆：「哇！這道菜太好吃了，這叫什麼菜名？」

「啟稟大人，我管它叫做『臘味合蒸』。」

「你的手藝不錯，但是雙手只剩左臂，能當廚子嗎？」

「大人，我單手便能做菜，還會研發新菜，號令廚工們一同烹煮，以前在酒樓裡人們給我封號，稱我『獨臂大廚』呢。」

「那好，你就留下來當我家廚子。你可願意？」

「小的求之不得！謝謝大人。」

志達看見粘六已有了去處，便從草叢中走出來，來到一旁空地閉目凝神，冥想著「振作之美」四個字。

不一會兒，丹田內發出熱氣，而且十分旺盛，比起練先前三式時還要強烈，志達心想，很可能是因為丹田就在膀胱前方的關係。他放棄這個念頭，專心在那股熱氣上，發現它不但往內進到膀胱，而且兵分兩路向上竄到後腰處。那兒似乎是腎臟的部位，只覺得整個腰部熱呼呼的。

幾秒鐘之後，那熱氣又再岔出左右，往左手腳和右手腳前進，並且帶動手腳自由的扭動起來。而隨著手腳的扭動，又帶動了身上其他部位，連同軀幹、頸部和頭部，他忽而彎腰，忽而轉身，忽而跳踢，忽而旋轉，全身很協調的打出一套神奇的功夫。

繼程一旁看得目瞪口呆，豔羨不已。

一會兒，志達運氣收功，對繼程說：「我們可以走了。」

「好，回去樹上睡覺。」繼程笑著回答。

「不，回家。」

大雪紛飛中，志達拿出軒轅石和鐵湯匙，唸出祝融通古神咒……

第十六章
隱瞞多年的師徒之情

這天上午，陳淑麗來到安養院看望陳淑美。

「對了，淑美，記得媽媽當年生怪病的時候，曾經看著報紙上的訃文傷心流淚。後來她和爸爸吵架，我似乎聽到爸爸說那正是湯之鮮的訃文。媽媽跟湯之鮮非親非故，為什麼會這樣？」陳淑麗問。

「我也覺得必有隱情。這正是我當上幫主後想去追查的真相啊！」陳淑美認真的回答，「原本我打算等慶功宴後，就要研究使用軒轅石回到古代的方法，想辦法回到媽媽生前『失蹤』的那一夜，查出為何她之後會生怪病而死，但後來我中了毒，一切計畫都成泡影。」

「我記得爸爸說過，那次辦桌結束後，媽媽叫爸爸跟水腳們先回臺南，自己要去訪友，後來媽媽回來後隻字不提，還生了怪病。」陳淑麗回想過去，「下回你若再碰到湯之鮮，記得好好問問他，或許他知道什麼蛛絲馬跡。」

「好，我會的。」陳淑美說。

「我差不多該去準備做生意，先走了。」陳淑麗把病房內外打掃一番，東西擺放整齊，然後便離開。

不久，有人敲了房門。

「請進。」陳淑美說。

房門打開，來人是拖著虛弱身體的湯之鮮。

「淑美，我來了。」

「啊，湯前輩，太好了，我正好有事想請教你。」陳淑美驚喜的說。

「不急，讓我先說。我在附近休養時想到，全脈神功五式練好之後，也許可以對抗五毒陰功。」

「你是特地來告訴我這件事？」

「當然不止，不知道志達解開第三道神菜了沒有？」

「解開了，是麻婆豆腐。」陳淑美高興的說，「他還練成全脈神功第三式，修復了我的肺經和大腸經。」

「這孩子真是聰明，我今天來是要告訴你第四、第五道神菜的提示。」湯之鮮拿出一旁的紙筆寫下來，交給陳淑美又說，「你先給志達第四道神菜的提示，等他學會第四式的神功之後，再給他第五道菜的提示，按著順序，千萬不要急。我會待在附近，隨時過來探望你們。」

「太好了，謝謝湯前輩。」陳淑美把紙條看了一遍。

「我相信志達能解出來的。」湯之鮮微笑的說。

「湯前輩，我想問你有關我母親的事。」陳淑美趕緊把握機會。

「什麼事？」

「我的母親王錦繡似乎認識你，她曾經看著報紙上你的訃文，傷心流淚。你知道她為什麼會這樣嗎？」

「這個……」湯之鮮皺眉猶豫了一會兒，最後終於開口：「我知道。」

「還請前輩快告訴我。」陳淑美眼睛張大，精神一振。

「我詐死後隱居在日月潭的慈恩塔頂，有一天，你的母親來玄奘寺，到我靈位前祭拜。我見她傷心落淚的模樣於心不忍，便現身告訴她我詐死的真相。」湯之鮮追溯前塵往事，「她曾經是我的徒弟。我和你的外公王道理過去曾是好朋友。王道理武功高深，相當自負，希望女兒也能有一身好功夫。古人說：『易子而教』，因此王錦繡十五歲時拜我為師，我悉心教導她，直到後來……」

「發生了什麼變化嗎？」陳淑美好奇發問。

「王道理一生最大的願望便是當上灶幫幫主，沒想到在武藝大賽時輸給了我，而且受了重傷。他心有不甘，懷疑我在比賽中耍詐，因此反對王錦繡再跟我學功夫，甚至不准她跟別人提起自己是我的徒弟。我雖然遺憾，但也無可奈何，沒想到幾個月後王道理竟抑鬱而終，我和你母親也斷了來往。唉！」

「既然這樣，我母親為什麼又去祭拜你？」陳淑美焦急的問。

「她是念在師徒之情。她看到我出現十分驚訝，後來鎮定下來後，聽我解釋我跟王道理之間的誤會，之後便都釋懷了。」湯之鮮回憶往事悠悠的說。

「我母親回家之後，竟生了怪病，前輩你知道原因嗎？」陳淑美困惑的問。

「王錦繡見到我後，想為我療傷運功，我不願意，但她堅持一試，沒想到她不但沒能治好我，反而讓我身上的毒反噬，傷了她自己的身體。」

「原來是這樣。」陳淑美聽了傷心哭泣，「今天，我終於……嗚……」

「唉！我後來在報紙上看到她病死的訃文也很難過。我不殺伯仁，伯仁卻因我而死。我因為一時不忍卻害了你母親，從此更不敢出來見人，直到最近才……」

＊＊＊

城市另一頭，「瀟湘煙雨湘菜館」旁的防火巷內，在一團青色的火光後，兩個少年的身影跟著顯現。

「耶！回來了。太好玩了，這是我最有趣的一次生日。」繼程興奮歡呼，接著感動的說，「志達，謝謝你願意放下尊嚴，去乞討東西給我吃。」

「別客氣，你也救了我一命啊！要不是你，我早就死在怒豺的手裡了。」志達也真切的說。

「你是我最好的朋友。」繼程握住志達的雙手，情緒激動。

「你也是我最好的朋友。」志達也說。

兩人四目相對，堅定看著對方，一切盡在不言中。

他們走出防火巷，正巧看見之前那個遊民在馬路對面掏著垃圾桶找東西吃。

繼程看看志達，心生感觸的主動走過去問候說：「你吃飯了嗎？」

「我……嗚……」那個遊民一聽有人關心他，即刻感傷的流下眼淚，「我已經兩天沒吃東西了。」

「我想帶他回餐廳吃點東西。」繼程轉頭和志達說。

「當然好。我想，現在沒有人可以比我們更能體會挨餓的感覺了。」志達打趣的說。

兩人帶著遊民來到餐廳廚房外頭，繼程進去拿了一些食物給遊民，遊民當場吃起來。

「你這樣有一餐沒一餐的也不是辦法。」繼程真誠的說。

「你沒有工作嗎？」志達想起粘六說過的話，「還是你不想要工作呢？」

「不，我很想要工作，可是我已經六十五歲了，找工作處處碰壁呀。」遊民一邊吃著，一邊傷心的說。

「你願不願意來我家餐廳幫忙洗碗，洗碗工不好找，常常做沒幾天就離職，不知道你會不會嫌棄這份工作？」繼程顧慮的問。

「我求之不得，怎麼會嫌棄呢？」遊民驚喜激動的說。

「我們家樓上還有員工宿舍呢！如果你有意願的話，我這就去拜託我外公？」

「好，謝謝你、謝謝你。」遊民感激涕零的說。

繼程進餐館去找魏鼎辛，志達陪遊民在外頭等著。

「你怎麼會流浪街頭呢？是不是家裡遇到什麼意外或變故？」志達好奇的問。

「不是的。我年輕時開過遊覽車公司，賺了不少錢，但是不懂得未雨綢繆，又染上了賭博，幾年後把幾千萬都花光了。」遊民不好意思的說，「後來我戒賭到工廠去上班，憑著努力也算是有一份收入，誰知道工廠發生一場大火，公司倒閉我也失業了。那時我已經快六十歲了，就一直沒有人願意聘用我，只好四處流浪跟人討東西吃了。」

繼程從門口出來，一旁跟著副主廚洪規果。繼程高興的說：「我外公答應用你了。」

「跟我進來，我帶你先去樓上宿舍洗個澡吧！」洪規果對遊民說。

「謝謝，太感謝你們了。」遊民不斷向他們鞠躬，臉上綻出笑容。

志達和繼程很有默契的相視而笑，感到很欣慰。

「對了！我剛剛已經練出全脈神功第四式，現在要趕快回去幫我媽運功。」志達轉移話題，急切的說，「首先，我必須做出『臘味合蒸』這道菜，但這附近哪裡可以買到臘肉這些食材？」

「哈！你忘了，這道菜是湘菜，你要什麼食材我家都有。我到廚房拿一些臘豬、臘羊、臘鴨、臘雞、臘魚給你。」繼程大方的說，接著又改口，「算了，乾脆你就帶一道蒸好的完成品回去，那不更省事。」

「不行，我得要親自製作才行。我媽要吃我親手烹煮的菜，我再替她運功，這樣才有效。」志達說。

「那就直接在我們的廚房料理吧。」繼程建議。

「太好了。謝謝你。」志達高興點頭。

兩人回到瀟湘煙雨湘菜館的廚房，裡頭的廚師們一聽見繼程的命令，二話不說便讓出工作臺給志達。志達把菜煮好之後，繼程還用紙盒和袋子幫忙把菜裝起來。

「走，我跟你一起去安養院，順便看看能不能幫什麼忙。」繼程說。

「好。」志達把「臘味合蒸」提在手上，跟著繼程直接從廚房小門走出去。

兩人一邊往公車站前進，繼程一邊拿起手機查劉七的資料，嘴巴發出疑惑：「奇怪，資料中沒有提到他當了廚子之後的事，也沒有提到他推翻明朝皇帝，可能他沒有機會再次起義。」

志達也看了資料，若有所悟的說：「但歷史流傳臘味合蒸是劉七所發明的，我猜他死前曾向人公開自己的真實身分，否則人們會說是粘六發明的才對。」

「沒錯，應該是這樣。」

他們一言一語的討論，不知不覺來到附近的公園，大概是假日的關係，好多父母推著嬰兒車或帶著孩子，在草地上休息或遊戲。

經過一棵大榕樹下面時，一團黑影忽然從樹上躍下攻擊志達，繼程用眼角餘光發現動靜，本能的想上前保護志達。但不勞他出手，志達彷彿全身長滿眼睛似的，毫無遲疑並且十分精準的躲開對手的突襲。

志達定睛一看，發現對手不是別人，正是在明朝時下毒害他的怒豺，頓時升起一股怒氣，打出一連串招式。怒豺連連遭受內力襲擊，但不肯放棄，喘了兩下又起身撲向志達，志達不假思索的朝怒豺頭部打去，正中太陽穴位置。

「吼……」怒豺哀叫一聲。

這時繼程想在怒豺頭上補上一掌，怒豺發覺，連忙轉移目標，對繼程攻擊。「啊！」

眼看繼程的手就要被怒豺咬到。

第十七章 志達命在旦夕

志達見狀急忙出手相救，卻感受到一股陰風從濃密的樹葉叢中穿出來，但不是打向繼程，而是不偏不倚打中怒豺的頭頂。

「啊……」上一秒仍生氣蓬勃的怒豺，此刻竟然哀號掙扎，呻吟了一會兒便失去氣息。

繼程倒吸一口氣，嚇得跌在地上。志達跳上樹叢，卻沒有任何發現。

「這是什麼？好像是某種昆蟲。」繼程在樹底下驚慌叫著。志達看見怒豺胸口的肉瘤浮起，知道那是控制他的魔物。他跳下樹準備去制伏魔物，卻看見繼程已經搶先一腳把一隻蠍子踩死了。

「一隻大豺死在這兒，我們該怎麼辦才好？」繼程擔憂的說。

「打電話報警。」志達拿出手機準備撥打，但公園裡的人群聽見騷動紛紛過來圍觀。

「天哪！怎麼會有一隻大狗死在這兒？」有人驚叫，引來更多人好奇跑過來。

「這是什麼品種的狗？從來沒看過，怎麼這麼大一隻？」

「而且耳朵特別大，嘴巴特別長，跟狗比起來還比較像是狐狸。」

「是誰打死的？」有人指著繼程質問，「是你嗎？」

「不是我。」繼程連忙澄清。

「打死他的人已經跑了。」志達回答說。

「快打電話給警察……」

「不，要趕快通知動物保護協會……」

人群議論紛紛，爭相圍觀，把志達和繼程擠到外面去。

「剛才那個人為什麼要出手幫我？」繼程在人群外對志達竊竊私語，「難道是我們誤會了，世上真的有什麼降妖除魔的赤焰大仙？」

「不，主上也曾經親手殺了噬血魔狂狼，但他那樣做並不是出自好意。」志達解釋說。

「我被你搞糊塗了，到底是怎麼一回事？」繼程不懂。

「我和羽萱第一次穿越回到明鄭時，名為狂狼的噬血魔就曾被人用刀刺傷，無法動彈。他呼喊主上來救他，沒想到主上聽到不但不救他，反而怕他成為俘虜而動手殺了他。」

「親手殺了自己的部下，太狠了。」

「主上可能是擔心狂狼被俘虜後，會供出有關他的資料，害他無所遁形。」

「那麼，剛才主上又為什麼要殺害那隻大豺呢？」繼程困惑的問，「我記得我們剛到古代時，那大豺搶走你的軒轅石，粘六出現攻擊他，他那時也呼叫主上來救他，結果真的就有人出現在火光中把他接走。如果接走他的人，跟今天殺死他的都是同一人，為什麼會有完全不同的作法？」

「我也不知道。」志達搖頭說。

其實志達心中已有猜測的答案，不過他沒有說出來。因為在沒有掌握確切的證據之前，妄加猜測誰是主上，都可能會造成跟繼程之間的爭執或衝突，最後反而壞了追查真凶的大事。

「繼程，你怎麼在這兒？」一個女人的聲音在他們身後響起。

兩人轉身一看，竟然是看護楊小姐推著空輪椅，親切的招呼著。

繼程看著空輪椅，疑惑的問：「咦，我阿姨呢？」

「虹虹跑去沙坑玩沙，」楊小姐笑著說，「她叫我去買冰給她吃，可是今天賣冰的還沒來，恐怕回去的時候，她又要吵鬧一陣子了。我看還是再等等……對了，你們在這兒做什麼？」

「我們……」正當繼程不知該如何解釋剛才的一團混亂，志達開口插話。

「你說的沙坑在哪兒？」志達問。

「就在那一邊。」楊小姐轉身朝不遠處一指。

志達覺得有蹊蹺，心想：主上是女的，剛才的事會不會跟魏虹有關呢？

這時繼程的手機忽然響起來。

「喂，外公……我在外面……喔，好啦……」繼程拿起手機，唯唯諾諾的說著，臉上卻顯露出不樂意。

「怎麼了？」繼程講完電話後，志達問。

「我外公問我跑去哪裡了？說親戚朋友知道我今天生日，到家裡拜訪卻找不到我，要我回家待著，不要亂跑。」繼程沒好氣的說。

「你外公說的沒錯，今天是你的大日子，我自己去安養院就可以了，你已經幫我很大的忙了。」志達晃了晃手中的臘味合蒸，要繼程放心。

「那好吧，你路上小心。」

兩人告別後，志達搭上公車離開臺北市，抵達板橋之後便直接往安養院方向走去。

經過一個無人空巷時，志達突然感到一股殺氣從背後逼竄過來，他眉頭一揚，有如反射動作側轉身，感應到胸前有一股陰氣橫掃而過。他慶幸逃過一劫，瞬間又有一道陰氣打過來，他急忙輕功躍起，飛上一旁別墅的屋頂，並回頭搜尋，然而巷子前後空無一人。

志達正想跳回巷子裡，卻感覺頭頂上有影子閃過，抬頭一看，一個黑影朝他一掌打來。他急忙跳到隔壁房屋的屋頂，看見一個黑衣蒙面人落在他剛才的位置。黑衣人沒給他時間反應，隨即飛竄過來，朝志達的腹部打出一掌，志達機警的往旁一閃，那一掌沒打中他，但掌風直直往前，砰一聲打在他身後的水塔上，在上面留下一道黑色的掌印。

「啊！五毒陰功，我要小心應付。」志達想起湯之鮮曾被五毒陰功所傷，即刻提高警覺，但鎮定下來之後反而高興，因為主上就在眼前，不需再猜測他的真實身分，如果能一舉打敗他豈不是件好事？

「主上，你終於出現了。怎麼不派其他噬血魔來呢？是不是你自己把他們殺光光了？」

黑衣人沒有出聲回答，卻用行動表現出憤怒。他步步進逼，朝志達打出好幾回陰險霸道的掌風。

志達左手拎緊「臘味合蒸」一一閃過，並趁機出右手朝黑衣人的左腹部打出全脈神功第一式。黑衣人沒料到志達比他所想大膽，一個不注意便挨了一掌，他全身有如電擊，痛得縮起身子。

志達見狀心中一樂，看他才直起身子，又朝他右腹打出全脈神功第二式。但這一回黑衣人已有戒備，一個迴旋繞到志達背後，高高舉起手臂倒懸手掌，宛如毒蠍子的毒尾尖。志達一見，全身爬滿雞皮疙瘩，心想這要是讓他打中了，不就跟湯之鮮前輩一樣非死即傷？他急忙往下一蹲，繞到黑衣人背後。

黑衣人狡猾的騰空而起，不讓志達有閃躲的機會，接著一個勾掌刺下去。志達想後退，卻不料被屋瓦絆了一腳，身子不自覺往後仰，他緊急側身，只差一點點就中了那陰毒的勾掌。志達嚇出一身冷汗，手上拎著的菜也不慎掉落，撒了滿屋頂。

「啊！可惡。」他感到懊惱與憤怒。

黑衣人再度出手，志達急忙用右掌將他的招式隔開，同時用左掌打出全脈神功第二式，正中黑衣人的右腹部肝膽位置。

「嗚……」黑衣人一個翻身落到屋頂下的小庭院裡，雙手抱著肚子，背脊朝天痛苦呻吟。

志達乘勝追擊，跳下去朝黑衣人後背打出全脈神功第四式，不料黑衣人瞬間翻身朝他打出強烈的陰風。志達這才發現那是對方誘敵的伎倆，但已閃避不及，只得以第四式神功與那陰風強碰，只見兩股氣流如卡車對撞，黑衣人的陰風極為凶殘強猛，志達漸漸不敵，被陰風打上高空，然後重重落地。

「啊！」志達慘叫一聲，五臟六腑劇烈震盪，身體各處痠疼不已。

黑衣人又飛跳過來補上一道陰風，志達急忙出手抵擋，同時意識到自己被那陣陰風影響，內力削弱許多。他不敢再戰，急忙翻身閃過，然後施展輕功逃跑，在屋頂上連連跳躍。

在穿越了幾個巷弄後，他停下腳步回頭，似乎沒有再看到黑衣人追上來，便急忙跳進另一條巷子裡。

志達跑往安養院，然而就在他快要抵達前，他感到臉部一陣刺痛，伸手一摸，鼻子旁邊竟摸到一根長針。

「啊！我被暗算了嗎？」他試圖把長針拔起來，卻頭暈目眩抓不準了。

第十八章 奇特的攀牆武功

病房內，湯之鮮正在對陳淑美說：「發明全脈神功的前幫主衛好農說，如果五式全學會了，不但能有功力接續斷掉的經脈，還能打通任督二脈。我想到時候志達便能幫你恢復以往的健康。」

「我真期待那一天趕快到來。」陳淑美心中升起了美好的希望。

忽然砰一聲，房門被人打開。

「救……救我……」志達直接闖進病房。

「啊！」湯之鮮和陳淑美一看驚惶失色。

「志達你怎麼了？」陳淑美更是心驚。

「你中毒了！」湯之鮮一看不妙，急忙攙扶住志達。

毒針漸漸發揮作用，志達口鼻腫脹，呼吸困難。

「發生什麼事了？」護士小姐聞聲跑過來問道。

「你們先不要進來。」湯之鮮把護士阻擋在門外，仔細檢查志達。見志達胸口猛烈起伏，但似乎吸不到空氣，臉色開始由青轉黑，驚懼的說：「他鼻翼旁的迎香穴遭到毒針刺中，此穴屬於大腸經的穴道群之一，毒液滲入大腸經，又因肺經和大腸經互為表裡，而影響到肺部呼吸。」

「我去叫醫師過來。」病房門外的護士一聽便慌慌張張跑走了。

湯之鮮急忙為志達把脈。「糟糕！他的肺脈已經中毒很深，再這麼下去，將會導致肺部痙攣，最終窒息而死。」

志達虛弱不已，漸漸閉上雙眼，昏迷過去。

「天哪！快點救志達，他是我唯一的兒子啊……」陳淑美嚇壞了，「對，護士剛才已經去叫醫師了。」

「來不及了，現在若不趕快幫他運功排毒，他要不了多久便會窒息。」

湯之鮮情急之下只好先把毒針拔掉，接著揮動雙掌，準備運功。

「啊，湯前輩，你不能運功……」陳淑美陷入兩難，「你曾經說過，名醫告誡過你，你不能運功給別人，否則就會心脈潰散，心臟爆裂而亡啊！」

「管不了那麼多了。」湯之鮮從丹田聚集真氣，把體內僅有的內力都聚攏過來，然後運到雙掌之中，輸送到志達的背部。

那內力進到志達的體內，分成兩路往肺經和大腸經，與毒血拉扯爭鬥。湯之鮮屏氣凝神，耗盡全身的精力，一會兒後，他又加強力道往前一推，開始有毒血從志達的鼻孔流出來。

「咳！咳！咳……」毒血伴隨著志達咳嗽不斷流出，漸漸的，他的臉色恢復了紅潤。

「志達體內的毒血，大部分都已經排出，沒有生命危險了。」湯之鮮兩手一鬆，卻忽然緊摀著胸口，痛苦大叫：「啊！」

「湯前輩！你……」陳淑美無奈的哭泣。

「我違背名醫的忠告，心臟即將爆裂……」湯之鮮痛苦的說著，「你不用道歉，我是心甘情願做的，志達清醒後，一定要揪出幕後的主上。反正我快死了……臨死前也不必顧慮誓言了……我直接說出菜名……第四道神菜是臘味合蒸……第五道是苦……苦……啊……」湯之鮮的聲音非常微弱，話還沒說完就昏厥倒地。

醫師聞訊趕忙衝進來，檢查湯之鮮的生命跡象後說：「他已經沒有呼吸心跳了。」

醫護人員為他急救，但幾分鐘之後仍宣告不治。

陳淑美一方面強忍悲痛的情緒，一方面請醫院幫忙通知方子龍，方子龍收到訊息後，立刻拄著枴杖、帶著羽萱趕來。在向陳淑美問明了來龍去脈之後，他先處理湯之鮮的後事，又派灶幫內武功高強的好手，在病房外輪流巡邏。

過了一段時間後，志達緩緩甦醒，口鼻的腫脹也消了，他醒來後第一句話就是追問湯之鮮的情況。

「媽，湯老前輩怎麼了？」志達虛弱的問媽媽。

「他……湯老前輩為了救你，不顧名醫的勸告運功替你療傷，卻犧牲了自己的生命。」陳淑美傷心又無奈的說。

「什麼！」志達一時悲傷得說不出話來，一會兒後說，「這可恨的主上，先是下毒害你，現在又用毒針傷害我，還害得湯老前輩失去性命。我發誓，一定要把主上揪出來，讓他付出慘痛的代價。」

「志達，你剛剛才復原，不要那麼激動，免得又傷了身體。」

「我沒事。」志達一刻也不想耽擱，「媽，我已經找出第四道神菜是『臘味合蒸』，也回到古代學會全脈神功第四式了，本來已煮好菜帶來了，半途卻因為中了暗算而弄丟。我這就回去烹煮『臘味合蒸』來給你吃，然後幫你運功。」

「不，你才剛復原，身體還很虛弱，過兩天再說也不急啊。」陳淑美勸告。

「對，志達，你先休息兩天再說吧。」一旁的方子龍也說。

「爸，我覺得志達現在的處境很危險，如果讓他繼續住在他阿姨家，恐怕那個壞人又會去害他，不如讓他住到我們家，你也請幾位保鏢加緊巡邏，他才好安心休養。」羽萱建議說。

「這怎麼好意思呢？」陳淑美不好意思的說，「你們已經幫我們很多忙了。」

「這辦法不錯，就這麼辦。」方子龍爽快答應，「陳幫主，你不要客氣，你們的事就是灶幫的事，這些是我該做的。」

陳淑美一聽便不再堅持，待一切都處理妥當了，志達便簡單收拾東西，跟著方家人去到方家。

晚餐時，志達吃著阿弟煮的越南美食，吃完飯後，志達覺得自己恢復得差不多了，便想製作「臘味合蒸」，羽萱想勸他緩一緩，但看他意志堅定，也只能由著他。

志達找到附近有間南北雜貨行，販賣各種臘肉產品，於是買回臘豬、臘鴨、臘雞、臘羊和臘魚，放在一個陶缽裡一起蒸。

趁著料理的空檔，他跑到外面的大灶重新練出全脈神功第四式。在練功時，他意外發現當自己朝著地上的木柴揮手時，木柴竟然會輕微移動。他驚訝的張大嘴巴，又再試了一次，而這一次木柴竟然飄在半空中。

「這是怎麼回事？」他疑惑的自問。

「這是什麼力量？」羽萱在一旁看了也驚訝極了。

「我想起來了，我媽上回跟我說過，之前在日月潭邊的武藝大會時，湯老前輩曾看到我媽被一股邪惡的內力往西邊推去，是他看不下去，從慈恩塔頂跳躍到湖中，一邊用吸拉的內力把我媽拉回東邊。」志達一邊回想一邊說，「我猜，我現在練到全脈神功第四式，也擁有吸拉的內力了。我記得我媽說過，湯前輩只練到第四式，還沒練會第五式，所以我現在的功力跟他之前是一樣的。」

「太棒了。」羽萱點頭說，「志達，你的武功越來越厲害了。」

志達欣喜的點頭，不久後廚房內飄出白煙，羽萱聞到香味，驚喜的說：「哇！滿室臘香。」

兩人各自嚐了一塊臘肉，不禁亮眼對看，點頭稱讚。

他在羽萱的陪同下，又去了安養院一趟，讓媽媽吃下「臘味合蒸」，並修復了她的腎經和膀胱經。

接下來五天，他的功夫得到很大的進展，當他強力吸拉地上的木柴時，木柴竟如棒球般飛竄過來，給他一個觸身球。

「唉唷！」他被打中額頭，忍不住伸手去揉撫。

這股吸拉的內力不僅可以隔空取物，當他朝著牆壁用盡全部的內力時，發現自己竟往牆壁飛速而去，雙掌貼在牆上。這時他感到腳掌也有內力在作用，他脫掉鞋子，走回原處，手腳並用再試一次，沒想到整個人瞬間吸附在牆壁上，並且像蜘蛛那樣在牆上緩緩爬行。

「這不就像電影《蜘蛛人》那樣嗎？」他欣喜暗叫，「太酷了！」

他施展內力吸拉，並嘗試往天花板爬行，竟然爬上了羽萱家的客房，維持倒吊一分鐘。他跳下地板之後，跑去羽萱的房間找她，並且示範給她看，羽萱目瞪口呆，覺得非常不可思議。

幾天後的下午他和羽萱向學校請假，因為要參加湯之鮮的告別式。告別式在殯儀館舉行，由於湯之鮮詐死一事鮮少人知，因此方子龍沒有發出訃文，也沒有公告，非常低調。

方子龍事先利用他的人脈聯繫到湯之鮮的女兒，她連夜從加拿大搭飛機回臺參加父親的葬禮。現場只有幾個人，氣氛莊嚴肅穆，等遺體火葬後便送往位在金山的靈骨塔。志達心中非常感謝湯之鮮，想到一位見義勇為的老廚俠為了救自己而犧牲性命，他既傷心又愧疚。

羽萱拍拍志達的肩膀，志達看著她，深深吸了幾口氣，漸漸把淚水止住。

「湯老前輩，我一定會為你報仇的，相信我。」志達望著靈位，心中悲憤而堅定的說著。

葬禮之後，志達回到學校上課，生活又恢復正常。

繼程從群組的訊息中得知志達的情況，關心他的病情。

繼程：中了毒針昏迷是什麼感覺？

志達：我完全不省人事，哪會有什麼感覺。

繼程：好慘！那不就跟死了一樣。

志達：你別擔心，我不是已經痊癒了嗎？

繼程：我外公明天出差，後天才會回來，這兩天終於可以鬆口氣。

志達：恭喜你。

繼程：你要不要來我家玩？我外公說我可以邀你來家裡玩，我們可以一起切磋武功。

志達：哦？他真的這麼說？

繼程：是啊！你還可以住我家，我舅舅的房間就在我的隔壁，現在空著，你可以睡他的房間。

志達：你外公也跟你住在一起嗎？

繼程：沒有，他跟我阿姨住在十五樓，我跟我舅舅住在十六樓。

志達：你外公出差，放心你阿姨一個人在家裡嗎？

繼程：看護楊阿姨會來陪她。

志達：楊小姐也住在附近嗎？

繼程：她住在樓上的員工宿舍。

志達：你們家還有誰住在哪棟大樓？

繼程：沒有啦！我爸我媽在美國，我舅舅也還沒回來……哎，你問這麼多要做什麼？

志達：沒事。

繼程：要不要來？

志達：改天吧！我想多陪我媽，她受到不小的驚嚇。

繼程：好吧！那先這樣。

志達：881

志達雖然表面上婉拒繼程的邀約，心中卻暗自盤算，想趁魏鼎辛不在時，前往瀟湘煙雨湘菜館仔細調查。下課時他跑去跟羽萱討論。

「太好了，我們今晚就去。」羽萱提議說。

「等大家都睡了再去。」志達說，「你回家後先睡一覺，半夜才有精神。」

那一晚深夜十二點，志達騎腳踏車載著羽萱，一同往繼程家出發。

來到繼程家的大樓已經是十二點半了，整棟大樓外牆映著霓虹燈的七色光芒，顯得金碧輝煌，但大部分的窗戶都是暗的，只有少數幾個房間還亮著燈。

「管理員在打瞌睡。」羽萱躲在大門旁邊往裡面看，高興的說。

志達一笑，便和羽萱潛進大廳搭電梯。

他們先來到位於二十一樓的練功房，志達讓羽萱先在電梯口等著，他爬出窗外，利用吸附牆壁的吸拉內力，沿著大樓的外牆往下爬。

經過二十樓時，他好奇的看進發亮的窗戶，發現洪規果開著燈在床上呼呼大睡。他記得繼程和他說過，十九樓和二十樓都是辦公室，看起來二十樓還隔出房間當作員工宿舍。

忽然屋內有東西動了一下，志達仔細一看，桌上有個大玻璃缸，裡面養著一隻綠色的大蜥蜴。洪規果養爬蟲類當寵物？這跟五毒有沒有關係呢？志達又看了看玻璃缸附近，並沒有其他發現，於是繼續往下爬。十九樓的窗戶內全黑，往內看也看不出所以然。

接著來到十八樓，他從窗戶爬進去，掏出口袋裡的手機，打開手電筒功能往四周探照，發現一個大螢幕和好幾排沙發椅，看起來像是一間小型電影院。他找到大門開鎖走出去，然後從樓梯間帶羽萱下來。

「哇，真是豪華，竟然還有大螢幕的家庭電影院。」羽萱進來後驚奇的說。

「噓！小聲一點。」志達提醒。

兩人來到電影院旁邊的房間，裡面擺著神明桌。

「是灶王爺。」羽萱雙手合十，虔誠的對灶王爺拜了拜，不好意思的說：「灶王爺在上，我方羽萱和林志達不是小偷，我們闖入民宅是不得已的，是為了追查主上的身分，此人對我們灶幫危害很大……」

「奇怪，怎麼沒有祖宗牌位？」志達好奇的說。

「怎麼了嗎？」羽萱問。

「一般人家會同時供奉神明和祖宗牌位。」

「我猜也有祖宗牌位，只是放在不同的地方，畢竟他們家這麼大，另外設一間祠堂也不無可能。」羽萱機靈的回答。

搜查完十八樓，沒有任何發現。他們發現室內有樓梯可下去十七樓，便往下走去。

十七樓有兩間大房間，一間是大書房，放滿書籍，另一間的牆壁上掛滿書畫，中間一張大長桌，上頭擺著文房四寶，看起來是一間畫室。

這一樓室內也有往下的樓梯。他們下到十六樓，經過一個房間，志達輕輕轉開房門的把手，發現門沒鎖。他輕輕探頭進去看，發現是繼程的房間，繼程躺在床上睡得很沉。他輕輕關上房門，望著另一個房間說：「那一間應該就是魏興的房間了，繼程說他舅舅去美國接受治療了。」

「我們去看一下。」羽萱說。

他們進到房內，看來看去，並沒有發現什麼異樣，最後他們走出房間，在屋裡到處看看。十六樓除了兩個房間，還有一個大客廳，但僅止於此。他們想找往十五樓的樓梯，卻發現室內沒有往下的樓梯了。

「我記得魏虹阿姨住在十五樓，我們該怎麼下去？」羽萱問。

「別擔心，一樣的方法。」志達說。

志達打開十六樓的大門，羽萱點點頭走出去，從公共樓梯間往下走。而志達則回到屋內，再度爬出牆外，用吸拉內功來到十五樓的魏家客廳，發現客廳的燈雖然暗著，但走道後面的燈卻是亮的。他躡手躡腳的跑到走道後查看，發現有個房間門敞開。

他悄聲打開十五樓的大門，讓羽萱進來，再輕輕關上門。

忽然間，他們聽到有人走動，兩人急忙躲藏在電視牆下。

第十九章 詭異的地下密室

「啦啦啦，我的家庭真可愛……」

是魏虹。她半夜起床走動，還哼著不成調的歌曲。他們好奇的從牆角探頭看，看見魏虹走進另一個房間。

志達向羽萱揮手，兩人悄聲的跟在魏虹後面。進入房間後，發現裡面的牆壁擺滿了酒櫃，架子上排列著各色名酒，一角還有吧臺和高腳椅。羽萱吐吐舌頭，用氣聲說：「這裡簡直可以媲美歐洲酒莊了。」

「我猜這些酒不一定是繼程外公的個人收藏，也會賣給客人喝吧！」志達猜測，「樓下就是餐廳，客人吃飯配酒也是常見的事。」

兩人看著魏虹專注的站在一面酒櫃前，轉動其中一瓶酒，接著酒櫃的右側牆壁上突然開了一個小洞，裡頭隱約有個按鈕。魏虹跨一步過去按下按鈕，酒櫃忽然應聲敞開，裡面竟然藏著電梯！

魏虹搭著電梯離開後，志達和羽萱互看一眼，便點點頭也上前按了電梯。

電梯很快抵達，他們走進去後，電梯自動往下降落，彷彿直達車一般沿途都沒有停止，一路抵達地下三樓。

電梯門一開啟，外面光線昏暗，他們躡手躡腳的走出去，沒想到看見魏虹在一道牆壁前停下來，牆上有一幅畫，魏虹踮起腳尖，用手點按畫上的某處。

那道牆壁霍然打開，裡頭一片漆黑，隱約傳來動物的吼聲。

魏虹走進去，牆壁又關上。

「天哪！」羽萱輕聲驚叫，「這兒竟然有個祕密基地。」

「走！我們馬上就能破解真相了。」志達毫不猶豫的說。

「這樣好嗎？貿然闖進去太危險了。」羽萱搖搖頭，「我們應該謹慎一點，等準備好再來查也不遲。」

剛才隱藏在牆壁的那扇門又霍然打開。

「吼……」一頭猛獸從裡面慢慢走出來。羽萱一看嚇出一身冷汗，竟然是一隻大老虎。

「天哪！快逃。」羽萱回頭按電梯，兩人急忙跑進電梯，然後電梯自動升上十五樓停下來。

他們回到十五樓後，匆匆從品酒房跑出來，然後搭大樓電梯下到一樓，慌忙跑出去。

管理員剛好打盹醒來，看見兩個小孩神色匆忙，便驚訝的叫說：「你們是誰？哪來的……」但來不及了，兩人已經不見蹤影。

黑暗中，一隻右手點開電腦螢幕的一個開關。

一片牆壁發亮，上面全是電視螢幕，志達和羽萱的一言一行，在那些螢幕中無所遁形。

他們跑出大樓，志達奮力踩著腳踏車，載羽萱回家。

「看起來魏虹就是幕後的主上。」志達說，「我和繼程回到明朝時，發現受到人們崇拜、抓走噬血魔的赤焰大仙，是個女的。」

「長得像魏虹嗎？」羽萱急忙問。

「不知道，丐幫的花幫主雖然有看到容貌，也聽到她的聲音，但只說是一位中年婦人。話說回來，魏虹也有三十多歲了吧！」志達又說，「我覺得魏虹很有可能就是主上，她應該是裝瘋賣傻。」

「要怎麼裝？繼程在這兒住那麼久了，難道她裝瘋賣傻那麼久，連繼程都不知情？」羽萱又問。

「這很難說，我看過一部電影，叫《頂尖對決》，一對雙胞胎兄弟為了在舞臺上表演瞬間移位的魔術，其中一個一輩子都要化妝，假扮成不同長相的瘸子來掩人耳目。」

「如果她真的是主上，這麼辛苦裝瘋的目的是什麼呢？」

「我也不知道。」志達搖搖頭激動的說，「看來我們還需要蒐集更多的證據才行。」

「如果主上是女的，會不會是看護楊小姐？」羽萱突發奇想。

「喔，這也有可能。」

「她也住在那一棟大樓嗎？」

「嗯，她跟洪規果都住在員工宿舍裡，繼程還說外公出差時，會派楊小姐來陪虹虹阿姨。」

「可是我們都沒有看到楊小姐。」

「對，她也有嫌疑。」

「剛才那個有電梯的房間，似乎是品酒房。那麼繼程的外公住哪一個房間？」

「我剛才看到品酒房旁邊有另一扇門！」志達說，「那應該就是魏鼎辛的房間，可惜我們沒時間進去查一查。」

「對了，那棟大樓應是魏鼎辛所擁有，他一定也知道屋子裡有機關，還有地下暗室。」羽萱狐疑的說。

「如果魏虹是主上，該不會是魏鼎辛被魏虹控制著吧？」志達推測說。

「是有可能。不過，一定是魏虹嗎？會不會是繼程的媽媽。」羽萱充滿疑惑的說著，「雖然她住在美國，但那個回到古代的赤焰大仙，不一定是現在回去的，說不定是十幾年前，或更早以前，她還在臺灣生活的時候……」

「不可能，主上一直帶噬血魔去到古代跟蹤我們，她一定是住在臺灣的。」志達說。

「聽你這麼一說，我想到一個人。繼程的外婆呢？怎麼都沒看到她，她沒有跟他們住在一起嗎？會不會跟他媽媽一起住在美國？」羽萱問。

「應該不是，如果有的話他應該會說。我猜她已經過世了，因為沒聽過繼程提過外婆。」志達說。

「說不定離婚或分居？」羽萱轉著眼珠子。

「不知道！」志達煩躁起來。

「主上到底為什麼要毒害你媽？為什麼要搶走軒轅石？她把噬血魔抓來現代是要做什麼？還有他的蚩尤石是怎麼來的？他們家又不姓曹，是向曹家人搶來的嗎？」羽萱提出一連串疑問。

「唉！太多問題了，猜來猜去都沒用，真後悔剛才沒有闖進那間暗室，說不定一進去裡面就真相大白了。」志達懊悔的說。

「傻瓜，你不怕被老虎咬死喔？」羽萱責備著說。

「吼……」忽然一頭大老虎從黑暗中跳出來，攻擊他們。

「天哪！是剛才那隻大老虎嗎？」羽萱驚恐的大叫。

志達加快踩踏板的速度，但大老虎緊追在後，來到一個巷子口，竟又冒出另一頭大猛獸。

「怎麼還多了一隻大獅子？」羽萱簡直要崩潰了。

志達猛然停下腳踏車，兩隻猛獸一前一後往他們撲上來。獅子的速度比較快，張大嘴往志達咬，志達發功打牠肚子，牠竟機警的把身子一偏躲過了。這時獅子的身後冒出老虎，把獅子撞開，換牠來咬志達。志達急忙閃避，發現兩頭猛獸似乎爭著要攻擊他。

羽萱看一旁有棟大樓，便大叫：「逃進大樓內。」

她扭開玻璃大門的門把，等志達跟進來便關上玻璃門，去按電梯。

管理員坐在櫃臺後面，被突然闖進來的兩人嚇了一跳，說：「哪來的野孩子？快離開，不然我要報警了。」

羽萱指著門外說：「你快點躲進去，不然有生命危險。」

管理員回頭一看，見鬼似的驚叫，急忙跑進櫃臺後方躲藏。

兩隻猛獸追過來卻被玻璃門阻擋，在上面空撲了兩下。老虎想撞破玻璃門，獅子卻對牠大叫一聲：「暴虎，你這笨女人。」隨即變成一個魁梧雄壯的男人，伸手扭開門把。

男人先一步進到門內，往一旁的樓梯爬上去，老虎則是變身為一個女人，按了電梯，看著上頭的顯示樓層，笑說：「殘獅還笑我笨，他們已經逃到頂樓了，走樓梯要走到什麼時候？」

不久之後，兩個獸人幾乎同時抵達頂樓，不過殘獅爬了二十七樓，氣喘吁吁，暴虎卻氣力飽滿的走上天臺。志達和羽萱躲在水塔後方，很快就被暴虎發現。「別躲了，交出軒轅石就免你一死。」

「不可能。」志達生氣的回應。

「吼……」暴虎又化身回猛虎，朝志達撲來。

「吼……」那男人也變回殘獅，過來搶人。

「等等！」羽萱兩手平舉，大聲對兩頭猛獸說，「我知道你們的目的是志達身上的軒轅石。我們打不過兩位，請不要攻擊我們，我會要志達交出軒轅石，但只能交給你們其中比較強的那一個。」

「當然是我暴虎。」大老虎說。

「胡扯！是我殘獅。」大獅子說，「主上說，誰先搶得軒轅石，就會先移除他胸口的五毒魔物。」

殘獅和暴虎因搶軒轅石而起爭執，志達和羽萱希望看見他們自相殘殺，想隔山觀虎鬥。

「停！」一會兒之後殘獅發覺不對，「暴虎，我們應該合力制伏這兩個小鬼，我拿軒轅石給主上時，會述說你的功績，主上一定也會幫你解除魔物。」

「那也行。」暴虎說。

殘獅沒有了後顧之憂，便凶猛的撲向志達。志達一邊護著羽萱，一邊靠著全脈神功，勉強和殘獅打成平手。

就在雙方疲累喘息之際，暴虎衝過來撞開殘獅，害殘獅差點摔落牆外。

「可惡！你暗算我。」殘獅憤怒的說。

「你真是差勁，還是我來吧。」暴虎笑著說，「我拿軒轅石給主上時，也會述說你的功績，請主上幫你解除魔物。」

暴虎轉身與志達纏鬥，殘獅心想剛才確實花去太多力氣，如果再跟志達打下去，恐怕自己會受傷，因此心生一計，趁他們打得眼花撩亂之際，偷偷撲向羽萱。羽萱沒有想到會被襲擊，跌在地上，急忙起身揮出雷厲釋迦拳，卻見一雙男人的手掌把她的拳頭包握住，殘獅又化為男人身形，把羽萱拉進懷裡，用手臂勒住她的脖子，並拖往牆邊。

「交出軒轅石，否則我就把她丟到樓下。」殘獅對志達大叫。

「羽萱！」志達往後退去，望著殘獅憤恨的說。

「快交出來，她要是摔下去必然粉身碎骨。」殘獅威脅著說。

「志達，救我。」羽萱奮力掙扎著，害怕得紅了眼眶。

志達無奈只好拿出軒轅石走過去。

「殘獅，你這招不錯，到時可別忘了在主上面前幫我美言幾句。」暴虎雖然這樣說著，心中卻盤算在志達交出石頭之前，把石頭搶過來。

志達心急如焚，不知如何是好。

他拿著石頭，另一手不由自主的伸進口袋，摸到了一直放在身上的鐵湯匙，忽然靈光一閃。

「鏘！」他冷不防拿出鐵湯匙敲擊了石頭，唸出祝融通古神咒：「雷金流火，天地玄黃，元祖叱吒，萬古流芳，天清清，地靈靈，帶我們到一個寬闊的平地……」

天臺上冒出一圈青熊大火，把半空照得亮晃晃的，四人瞬間一同消失。

（第四集結束）

少年天下系列 052

少年廚俠4：除魔大神仙

作　　者｜鄭宗弦
繪　　者｜唐　唐

責任編輯｜李幼婷
內頁排版｜極翔企業有限公司
行銷企劃｜葉怡伶

天下雜誌群創辦人｜殷允芃
董事長兼執行長｜何琦瑜
兒童產品事業群
副總經理｜林彥傑
總編輯｜林欣靜
主編｜李幼婷
版權主任｜何晨瑋、黃微真

出版者｜親子天下股份有限公司
地址｜臺北市 104 建國北路一段 96 號 4 樓
電話｜（02）2509-2800　傳真｜（02）2509-2462
網址｜ www.parenting.com.tw
讀者服務專線｜（02）2662-0332　週一～週五：09:00~17:30
讀者服務傳真｜（02）2662-6048
客服信箱｜ parenting@cw.com.tw

法律顧問｜台英國際商務法律事務所・羅明通律師
製版印刷｜中原造像股份有限公司
總經銷｜大和圖書有限公司　電話：（02）8990-2588

出版日期｜ 2019 年 9 月第一版第一次印行
2022 年 9 月第一版第十四次印行
定　　價｜ 280 元
書　　號｜ BKKNF052P
ISBN ｜ 978-957-503-469-6（平裝）

訂購服務
親子天下 Shopping ｜ shopping.parenting.com.tw
海外・大量訂購｜ parenting@cw.com.tw
書香花園｜臺北市建國北路二段 6 巷 11 號　電話（02）2506-1635
劃撥帳號｜ 50331356 親子天下股份有限公司

國家圖書館出版品預行編目資料

少年廚俠 . 4, 除魔大神仙 / 鄭宗弦文 ; 唐唐圖 . -- 第一版 . -- 臺北市 : 親子天下 , 2019.09
216 面 14.8×21 公分 . -- (少年天下系列 ; 52)
ISBN 978-957-503-469-6（平裝）

863.59　108011396

立即購買 >
親子天下 Shopping
有聲故事書